LOCUS

LOCUS

LOCUS

LOCUS

Smile, please

Smile 155

請讓我安詳、快樂的死
———《阿信》編劇的終活計劃

著　橋田 壽賀子
譯　賴郁婷

編輯　連翠茉
校對　呂佳真
美術設計　許慈力

出版者：大塊文化出版股份有限公司
台北市 105 南京東路四段 25 號 11 樓
www.locuspublishing.com
讀者服務專線：0800-006689　TEL：(02) 87123898
FAX：(02) 87123897
郵撥帳號：18955675
戶名：大塊文化出版股份有限公司
e-mail:locus@locuspublishing.com
法律顧問：董安丹律師、顧慕堯律師

總經銷：大和書報圖書股份有限公司
地址：新北市新莊區五工五路 2 號
TEL：(02) 89902588（代表號）　FAX：(02) 22901658

初版一刷：2018 年 9 月
定價：新台幣 280 元

ISBN　978-986-213-914-1
Printed in Taiwan

橋田壽賀子——著

賴郁婷 譯

請讓我安詳、快樂的死

安楽死で死なせて下さい

《阿信》編劇的終活計劃

推薦序——

思考死亡，人生將更豐富

吳佳璇（精神科醫師、作家）

二〇一六年十二月，時年九十二歲的日本知名劇作家橋田壽賀子，在《文藝春秋》雜誌發表了〈我想以安樂死的方式死去〉的文章，引發社會高度關注。

橋田曾撰寫《冷暖人間》、《阿信》等多部膾炙人口的電視劇腳本，是日本國寶級劇作家。不同於多數腳本家隱身幕後，橋田經常走到螢光幕前，除了隨劇宣傳受訪，甚至主持過談話節目。一位擁有強大心智且活躍的長者，連丈夫罹癌住院都能咬牙完成大河劇劇本，為何突然交代，想以安樂死離開這個世界？究竟有無隱情，難不成患了不治之症或重鬱症？

隔年八月，橋田將自己的安樂死宣言，完整論述於文春出版發行的同名書中（中譯本《請讓我安詳、快樂的死》，大塊文化二〇一八年九月出版）。九月二十六日，NHK（日本放送協會）播出專訪，鏡頭前的橋田思路敏捷，健康良好，自道「安樂死宣言」源於前一年跌倒受傷休養期間的長考。除現身電視，平面媒體更是邀約不斷，活躍電視圈半世紀的橋田笑道，想不到紙本雜誌有那麼多讀者。

其實，「安樂死宣言」的發想與實踐，應該是橋田「終活」行動的一部分。正因青年時期有「死亡是理所當然」的戰爭體驗，橋田戰後總是拚了命活著，做自己「命運的主人」。雖然七十八歲那年（二〇〇三）曾出版《一個人，最好》（中譯本，天下雜誌二〇一〇年出版），提倡「無所倚賴，沒什麼期待，我行我素」的老後生活，卻直到情同母女的女演員泉平子提醒，「畢竟妳都快九十歲了」，才正式展開「終活」。耗時一年餘整理居住三十年的別墅，將書本捐給熱海市立圖書館，寫作蒐集剪報全數扔掉；往來信件全部讀過一遍，只留無法割捨的。至於照片及手稿，則應「橋田文化財團」要求全數保留，充作日後「橋田壽賀子紀念館」館藏。但橋田最震驚的是，櫥櫃裡竟有一百二十個別人贈送的全新手提包，送進二手店，變賣了四十多萬日幣。

斷捨離之後，配偶已逝，膝下無子女，也不與親戚來往的橋田，自認是「天涯孤獨」，可以毫無罣礙地思考如何「好死」（good death）。當橋田以「不給他人帶來困擾」為最高指導原則，唯一的方法就是安樂死——無論是注射致死藥物促使死亡的「積極安樂死」，還是不施行或終止治療導致患者提早死亡的「消極安樂死」，或是書中以相當篇幅描述的瑞士「協助自殺」機構，橋田並未明言，一旦失智，或身體動彈不得時，她將採取哪一種方法，作為維護自身尊嚴，並減少別人麻煩的最後手段。

同樣是二〇一六年十二月，台灣資深媒體人傅達仁上書蔡英文總統，籲請「通過『安樂死』法案，以因應高齡社會配套長照政策所造成國家資源之浪費，及老人及其家人之痛苦」。

翌年二月，傅達仁收到行政院回函，他認為官方「以安寧療法，替擋我的推案」。拚死成為台灣首例合法「安樂死」不得，八十四歲的傅達仁只能拖著老病之身，由家人陪伴兩度前往瑞士「尊嚴診所」，並於今（二〇一八）年六月七日，自行服下診所提供，劑量足以致死的藥物永眠。

從植物人王曉民（已故）、莊嘉慧等案例報導，到領先亞洲各國施行《安寧緩和醫療條例》與《病人自主權利法》，台灣民眾對善終相關議題應不陌生。根據《今周刊》二〇一四年民調，百分之七十七的民眾贊成「尊嚴死亡」，百分之十六．九反對。二〇一七年八月二十五日，台灣同志諮詢熱線於網路發布「安樂死合法化相關議題看法調查」問卷，一個半月不到，回收超過兩千份。分析填答結果，超過九成（百分之九十二）支持台灣通過安樂死合法化，百分之六不確定，僅百分之一表示不同意。儘管調查方法不同，筆者以為傅達仁高調求死，確實累積了相當的社會能量，也促成醫師江盛等人向中選會提出「死亡權利」（安樂死）公投案，且於今年七月五日完成聽證。與會相關人士針對公投主文，「你是否同意，意識清楚的重症病人經由諮商團隊評估，取得共識後，可由醫療團隊協助死亡」進行討論，多數學者贊成開放，台灣死亡權利合法化的迢迢長路，又越過一座山丘。

沒人能告訴你我，「善終」這條路得走多久，翻過多少山頭。顯而易見的是，路上有許多石頭。

第一顆石頭是把尊重死亡自決權和解決醫療經濟問題混為一談。無論是傅達仁先生，甚或部分政治人物，都以為安樂死合法化，有助於化解健保破產與長照服務量能不足的危機。倘若安樂死日後是在類似思維形成的社會默契下完成立法，豈不是要銀髮族、植物人等身心障礙者放棄醫療，速速去死？即便橋田壽賀子十分在意，對社會已無貢獻的自己，國家還拿「應該用來為社會做事的錢」為她支付七成醫藥費。但她從沒想過要將自己的想法灌輸給他人，也不容許這樣的事情發生。

第二顆石頭其實是一片滑坡。當一個社會的民眾與醫師還沒做好「醫療自主」準備，沒有支援照顧者的系統，更別提維護弱者權利的制度，一旦開放安樂死，可能讓人誤以為，既然患者有結束痛苦的權利，倘若患者拒絕，代表自行選擇了痛苦。如此一來，痛苦的責任將丟回患者身上，少數醫護人員也可能消極回應病患的照護需求，甚至照護不充分也沒有罪惡感……為了防止「滑坡現象」造成死亡自決權濫用與施用對象擴大，橋田壽賀子強調，只要不曾表明安樂死意願，無論是失智老人或身障者，任何人都應該尊重他們活下去的權利。

面對眾多期待橋田壽賀子站出來成為日本安樂死立法的推動者，橋田的回應是「這種超乎能力的狂妄之事，我想都沒想過」。但我相信，當橋田知道，世間有許多人，認真讀完《請讓我安詳、快樂的死》，分享她波瀾萬丈的一生，並養成習慣，利用自己出生的日子，思考自己的死亡，讓人生更加豐富，無論天上人間，她一定萬分欣慰。

目錄

3 人的尊嚴究竟是什麼？ 081

4 我想以安樂死離開這個世界 121

5 可以決定自己死亡的社會

前言

我希望至少能決定自己的死亡

如果有人告訴我「我同意讓你安樂死」，我一定會感謝他，然後馬上行動。因為我的存活，已經對任何人都沒有意義了。

以前我從沒想過自己會死，但過了九十歲之後，工作愈來愈少，就連煩惱也沒了，突然間開始意識到「啊，自己就快要死了」。

我會怎樣死去呢？如果罹患失智症，變得什麼都不知道，我也不想活了。但就算意識清楚，身體卻動不了，我同樣不想活。或是生活沒有了樂趣，當然也不會想活下去。

如果是為了見到可愛的子孫而抱著求生的念頭，或是身邊有希望自己一直活下去的人，那倒另當別論。不過像我這種人啊，膝下既無子女，先生又早就離開人世，親戚之間也沒有任何往來。沒有想見的朋友或牽掛的對象，也沒有希望自己活下去的人。既然是這般舉目無親，孤獨一人，那就算了，還是死了吧。

在人生最後的這段日子，我只求不給他人帶來困擾。假使無法再打理自己的生活，拉撒得靠幫忙，給他人造成麻煩，那我希望在此之前就能先死去。要怎麼死、在什麼時候死，難道這些真的不能自己決定嗎？

想在造成他人困擾之前先死去，唯一的方法就只有安樂死。但是在日本並不承認安樂死。所以我希望如果可以，政府能夠訂定法律，承認安樂死的正當性。話雖如此，但這對已經年過九十的我來說，看來是來不及了。

為了找出可以安樂死的方法，我上網搜尋資料，結果找到非常多相關訊息。有些國家只要到當地，就能接受安樂死的安排。花個七十萬日圓就能順利得死，這還真不錯呢！

以「安樂死」獲頒讀者賞

我將自己這些關於安樂死的心情，以「我想安樂死」為題目，投稿發表在二〇一六年十二月號的《文藝春秋》雜誌上。沒想到隨即收到許多深表贊同的讀者來信，甚至還獲頒第七十八屆文藝春秋讀者賞。這是個根據讀者投票決定出當年度最具話題文章的獎項。

我做夢也沒想到，自己的文章會獲得如此大的回響，因為這不過是我只考慮到自己而寫下的心情。但仔細想想，在這個社會上，有很多人都是孤苦無依，連獨立生活的經濟能力或體力都沒有。還有人罹患失智症，或是過著「老老照護」的生活。更有人受盡折磨，只為了要活下去。而且這樣的人接下來只會愈來愈多。

因此渴求能夠安樂死的人，也會不斷增加吧。我不過是其中一人罷了。

從沒想過要強制推動法條

現在我生活唯一的樂趣，就是參加大型遊輪「飛鳥二號」的世界環遊之旅。這時候，許多偶然同船的人都會對我說，「橋田老師加油，我們也都贊成安樂死」。就連一些認識的人或朋友，也都紛紛打電話來跟我說同樣的話。這實在讓我十分欽佩，原來雜誌的文章也有這麼多人讀啊。

在收到的讀者來信當中，很多都要我堅持加油，否則安樂死的法案將無法通過。不過事實上就算我加油，法案也不會通過呀！我從來沒想過要改變日本的氛圍，或藉由主張自己的正當性來成為安樂死法的推動者。這種超乎能力的狂妄之事，我想都不敢想。

我不過是表明「自己想安樂死」的心情罷了。只是單純覺得，如果除了我之外，也有人因為不願造成他人困擾，而想放棄繼續活在這個世上，這樣的心願倘若能夠實現，該有多好。因為死亡不該由他人來決定，再怎麼樣也應該完全依照當事人的意願才是。

安樂死若能成為離開人世的方式之一就好了

以二十歲的年紀迎接二戰結束的我，沒有所謂的青春年代。在那個時代，因為戰爭的緣故，光求溫飽就很辛苦了。我是家中的獨生女，朋友也沒幾個，所以現在即便孤身一人，對我來說一點都無所謂。無兒無女也沒關係，沒有朋友也無妨。

就連結婚，我也從來沒想過。一直以來，我都只想著自己一個人生活。所以我直到四十一歲才結婚，在這之前完全沒有這種念頭。

在戰時，死亡隨時就在身邊，因此滿腦子只想著死。戰爭的體驗會讓人忘卻恐懼，也會令人產生某種放棄生命的念頭。

戰爭一結束，人反而開始努力求生了。為了一個熱狗麵包拚死工作，雖然不知道自己究竟為什麼而活，但也只能活下去。死，早就拋諸腦後了。

不過，到了現在這個年紀，又開始興起關於死的念頭。儘管沒有必要事先決定幾歲就要開始思考死亡，但到了某個年紀之後，還是要有思考死亡的習慣比較好。

年輕時就能開始思考當然最好，或是等到覺得已經離死亡不遠了再來考慮也行。

就像每年生日都會買蛋糕慶祝一樣，各位也可以在生日當天，寫下自己對於死亡的一些想法。例如「萬一發生什麼事，我不希望接受無謂的延命治療」，或是「我希望能夠安樂死」等，就像同意器官捐贈的卡片一樣。就算每年改變想法也無所謂。如果思考死亡可以成為這個社會的一種普遍文化就好了。

如果思考自己要以什麼方式離開人世時，可以很自然地選擇安樂死，該有多好。

1 從戰爭中看透「生命之輕」

「死是理所當然」的戰爭體驗

我的生死觀源自於戰爭的體驗。

以前，我一直認為日本絕對可以在戰爭中獲勝，因為我相信日本是個強大且非常厲害的國家。最近看新聞報導，如今北韓的人民應該也是這麼看待自己的國家。無從得知世界的真正情勢而被洗腦的他們，就和當時的我們一樣。無知，真的是一件很可怕的事。

我出生於一九二五年（大正十四年）五月十日的朝鮮京城（現今首爾）。父親當年在京城經營一家名為「朝鮮物產」的伴手禮店。「壽賀子」這個名字，正是父親在京城的朝鮮神宮為我取的。

小學三年級時，父親覺得還是回日本接受教育比較好，於是我和母親兩人回到日本，在大阪的堺市住了下來。從大阪府立堺高等女子學校畢業後，我便進入日本女子大學就讀。那年是一九四三年。

▲拍攝於1935年1月九歲時（筆者右）。

那時日本已經開始啟動學徒動員令，於是我們每天不再上課，而是到組裝戰鬥機配電盤的兵工廠工作。我負責的是拴緊配電盤上的螺絲。每天早上我都會帶著炒豆子和炒米，頭戴防空頭巾、身穿工作長褲到兵工廠工作。雖然總是吃不飽，但每當一天工作結束，心中淨是滿足，覺得「我今天又為國家努力貢獻一天了」。

那時的我，是個十足的軍國少女。

給特攻隊員的回鄉車票

一九四五年三月十日東京大轟炸的情景，至今我仍忘不了。在大學住宿的我，那天正好來到在五反田附近戶越銀座經營小酒屋的伯母家。當時，我親眼看見東京淪為一片火海。

到了四月，大學被迫封校，學校將所有學生趕回家。我也回到了大阪，開始在豐中螢池的海軍主計部工作。這是因為工作關係在海軍擁有人脈的父親特地為我找的輕鬆差事。海軍主計部離老家的堺市很遠，於是我只好借宿在螢池附近的人家。

當時在海軍主計部裡工作的人，全是出身良好人家的小姐。我們甚至還有個稱頭的職稱，叫作「理事生」[1]。我負責的工作是開立證明書，連同火車票一起交給返鄉的軍人。我每天就是不斷寫著「誰回到哪裡的老家，接著轉往哪裡的基地」之類的文件。

在戰況惡化的當時，能夠獲准暫時回鄉的人，很多應該都是特攻隊的隊員。這些人拿著我寫的文件和車票搭上火車回鄉，為的就是要與家人永別。

正因為清楚這車票的意義，所以我感到格外煎熬。每當將文件交給對方時，我心裡想的都是「他也是特攻隊的一員吧。再過不久就要為國赴義了」。而他們總是特別親切，甚至會將獲得的特殊配給羊羹或蜜紅豆罐頭送給我們。他們就跟我一樣，都只是二十出頭的年輕人。身上的海軍制服，讓他們看起來實在好威風。

隨處可見的焦屍

我在豐中的那段短暫期間，雖然沒有遭遇任何空襲，卻經歷了三次機槍掃射。

1 類似行政助理或打字員的日本海軍職稱。必須經過身家調查才得以錄用。

發生空襲警報必須躲到防空洞中，但戰鬥機機槍掃射說來就來，有時候根本來不及躲藏。在海軍主計部旁邊有間藥學專校，我就曾親眼目睹那些被動員到專校的男中學生，在機槍掃射過程中被擊中身亡。

當初母親曾說：「待在堺市不是比較安全嗎？要是去了豐中，不曉得哪一天會遭遇空襲……」母親口中令人放心的這個堺市，後來也遭遇了大空襲。事情就發生在七月十日深夜，上百架B—29超級轟炸機趁夜來襲，在一個半小時內投下八百噸的凝固汽油彈[2]。人在豐中的我和租屋處的大叔們只見南方夜空瞬間燒成一片火海，大家紛紛驚呼：「啊！堺市燒起來了！」當時我心想不曉得母親還好嗎？家裡的房子還在嗎？

空襲結束後，堺市全區陷入火海，完全無法進入。直到大約第三天，我才跟隨著海軍主計部人員的車子進到堺市。視線所及是一片被火舌與炙熱空氣吞沒的焦墟。想盡辦法進入市區後，四處全是堆疊的焦屍。後來好不容易回到家，防空洞早已崩塌，也不見母親的身影。我想，她應該死了吧。

太好了！媽媽，妳走了！

當我找不到母親時，那一刻的心情恐怕只有經歷過戰爭的人才能體會。因為當時我的念頭是「太好了！媽媽，妳走了！」。畢竟在那樣的時代中，活著也不曉得該怎麼辦，對未來早就不抱任何希望了。每天都有空襲，只是不斷在逃命罷了。這樣下去總有一天會死。就連我自己，也一定逃不過死神的追逐。所以我才會覺得「太好了！媽媽妳可以早點離開人世、早點解脫了」，因為她再也不用四處逃命了。

然而，大約一個星期後，住在大阪郊區的伯母電話告知我母親安然無事。據說她當時因為眼睛被濃煙燻傷看不見，被送到救護所，所以聯絡不上，痊癒後才好不容易來到伯母家。聽到這個消息，我感到一股失望，「什麼嘛，原來還活著啊。」

那時候的生死觀完全不同。昨天還活著的人，就算今天突然死去也絲毫不覺驚

2又稱燒夷彈。一種會附著在人體皮膚上，並且持續燃燒的炸彈。

訝。因為那是個死是理所當然、活著反而像是奇蹟的時代。

雖然不能說當時的日本人都是如此，但我確實已經有心理準備自己隨時都會死。比起戰爭的勝敗，我滿腦子只想著死。至少當時的年輕女孩，大家都是同樣的心情吧。

一旦美軍踏上日本的土地，自己絕對要在遭受恥辱之前先自盡。大家都早已有所覺悟，先是揮舞竹槍奮力對抗，接著無論是砍斷自己的腦袋或上吊自盡，都一定要死。就像壇之浦之戰[3]中為了不受凌辱而一起投海自盡的平家女子一樣。當時大家都相信，這就是日本人的命運。

一旦美軍登陸就自盡

就這樣，抱著必死決心的我們一再僥倖地逃過死神之手，最後時間來到了八月十五日。這天，我們被叫到廣場集合，說是天皇陛下有重大事件要透過廣播宣布。我猜想應該是要下令大家做好本土決戰的心理準備了吧。一到廣場卻發現，軍人們個個身上已不見佩槍和佩刀，看起來就像洩了氣般，完全沒有之前威風凜凜的神采。

廣播中傳來的天皇玉音就如同後來大家說的充滿雜音，聽得不是很清楚。結束後問了一旁軍官，才知道原來日本戰敗了。從那一天起，海軍主計部開始在庭園裡挖了個大洞，用來燒埋不能讓敵軍發現的文件。我們花了三天三夜連日不休地焚燬了大量文件，因為沒有人知道美軍什麼時候會來。燒完之後，每天還得繼續處理其他善後工作。

戰爭結束了，但是大家對死的覺悟依舊不變。因為戰爭結束使得美軍踏上日本成了事實，自己反倒離死亡更近了。然而大家絲毫不感畏懼，因為之前就是這樣一天天熬過來。反正自己可能明天就會死，或者後天就是自己的死亡之日也說不定。

不過最後美軍根本沒來，大家都感到莫名失落。善後的工作一直持續到十月，後來由於日本女子大學決定重新開校，於是我像是被趕出海軍主計部般又回到了東

3 日本平安時代末期於日本長門國壇之浦（今山口縣下關市）發生的一場戰役，為源平合戰的最後一戰。

京。那時候，老家已經在戰火中被燒燬，母親借宿在伯母家，在朝鮮做生意的父親也還沒撤回日本，所以我完全沒有地方可以去。所幸女子大學的學生宿舍安然逃過戰火，我才得以回到以前的地方。我用從海軍主計部拿到的退休金勉強支付學費。對於能在相隔許久後再度在和平中學習的幸福，我心中滿是感恩。

無暇思考戀愛與婚姻的學生時代

當初戰敗時焚燬的文件究竟是什麼，我們沒有人知道。海軍主計部的軍事色彩並不濃厚，大都是民營行員或大企業會計人員轉從軍職。或許是因為這樣，裡頭個個都是優秀菁英，其中也有人後來就和我們這些當理事生的女學生結婚。不過完全沒有人看上我就是了。

出生在大正年代、和我們同輩的男生，很多都死在戰場上了。活著回來的，則都娶了比我們年輕的女生。我們是遭受冷落的一個世代，甚至可以說一卡車的人當中，只有一個男生，其餘全是女生。我的大學朋友半數也都終生未婚。這數字很驚

▲與女子大學時代朋友的同學會。大家幾乎都是單身（筆者前排右二）。

人吧。

二戰開打時，我就讀女子學校四年級，到了女子大學三年級時才畫下句點。換言之，我沒有所謂的青春時光。從十五、六歲到二十歲為止的這段歲月，生活中除了戰爭什麼都沒有。即使到了戰後，光求溫飽就疲於奔命，根本沒有多餘心思談戀愛。雖然我也曾想過如果當時有個家財萬貫的對象，或許我會選擇嫁給對方吧。

對感恩的不同解讀

現在只要想起當初戰爭時的情景，無論遇到任何困境，都不會感到恐懼。所以即便是面對死亡，也一點都不害怕。

包括我在內，許多和我同一個世代的人身體都很健康，我想這或許是因為以前都吃得很簡單。現在回想起來才發覺，或許正因為我們年輕時沒有漢堡、可樂，吃的全是野菜、番薯，所以才會到現在還這麼健康。

我們對於生命的感恩也和一般人不同。在戰時，即使沒有錢也不以為意，少吃一點也無所謂。當年買得起一個熱狗麵包時的興奮之情，可是遠遠勝過如今吃一頓三萬圓的豪華料理。就連搭火車也是擠三等車廂，看著火車的陣陣黑煙不斷自窗外飄來。雖然現在我也和大家一樣理所當然搭新幹線，但心中卻有著感恩。在某種意義上來說，這或許就是幸福吧。

再也不想吃土當歸了！

一九四五年十月中旬，日本女子大學重新開校，於是我又回到了東京。

不過，那時我身邊完全沒有任何東西可吃。當時的配給糧食不曉得為什麼，每天都是土當歸。因為這樣，我這輩子再也不想吃土當歸了。

就這樣吃了十幾天，人已經餓到發慌了，心想再這樣下去肯定餓死。於是，我決定和朋友一起到山形找疏散避難的伯母。我們兩人為了買車票來到上野車站，沒想到足足在地上排坐了兩晚，才終於買到車票。

如今回想，當時有個和我差不多年紀的女孩，將自己的巧克力和香蕉乾分給了我。她自己應該也很餓吧，卻還是存著與人分享自己東西的心。

逃離東京和到外地尋求糧食的人潮，將少數僅有的通行火車擠得水泄不通。我們擠進一列平時用來運送麵粉的運貨列車上，全身沾得一片慘白。

火車從上野行駛了一整晚才到山形，途中曾幾度暫時停車，靜止不動。比較麻煩的是上廁所，必須趁著火車停在無人之處跳下高高的列車，蹲在鐵軌旁，在朋友以布巾幫忙遮蔽下解決，再趕緊回到火車上。

從菓子體會活下來的感恩

就這樣，最後我們抵達山形縣左澤。十月末的山形盆地，一眼望去滿片金黃。我們從被戰火燒成焦土的東京離開，來到這裡看見的卻是拍打著穗浪的稻穗之海。「啊，這裡有好多稻米啊！」我到現在都還忘不了當時的激動。日本雖然戰敗了，卻還擁有如此豐饒的景色。這不正是所謂的「國破山河在」嗎？看到眼前的景色我才知道，「這個國家沒問題的。自己說不定也能活下去。」

伯母疏散借住的地方是一間木料行的倉庫。當天，木料行的老闆娘為我們泡茶，還端出御萩[4]請我們吃。我好久沒有好好喝杯茶了，更不曉得有幾年沒吃過裹著豆沙的御萩了。因為實在太美味，我忘我地一口接一口，吃得狼吞虎嚥。沒想到被老闆娘用山形腔罵人似地念了幾句，似乎是要我們「別吃那麼多」。

「原來就連這裡也同樣物資不足啊。我真的吃太多了。」正當我反省自己的失禮時，這才發現自己誤會了。因為老闆娘緊接著又端出黃豆粉、芝麻、胡桃、毛豆泥等七種不同口味的御萩。方才她用山形腔說的那些話，意思其實是「等會兒還有其他口味，別只光吃豆沙的啊」。

這一趟山形之行救了我。因為我原以為自己不久就會和這個國家一同死去，沒想到卻在這裡感受到與隨時都會降臨的死亡截然不同的生命和希望，還有未來。

這麼說來，戰爭對我而言絕非只有負面影響。接下來的性命與人生，全是僥倖

---

4 一種糯米丸表面包裹著豆沙或黃豆粉的傳統點心。

得來的。既然可以再活一次，就非得拚了命活下去才行。從那之後我便抱著這種想法直到現在，因此面對任何困難也從不覺得辛苦。

只要有東西可以吃就能活下去，即便身無分文也絲毫不覺得苦。在戰爭時期，糧食最重要，財富根本毫無意義，所以只要買得起吃的東西就夠了。從那時候開始，我便抱著這種「僥倖賺到性命與人生」的態度，一路走到今天。之所以能夠這般寡欲知足，我想全都是託戰敗所賜。

《阿信》與木筏橋段的靈感來源

在木料行的那天，我從老闆娘那裡聽到許多故事。據說，位於山形縣最上川上游的這一帶地區過去十分貧窮，村裡的孩子都會到城裡當幫傭。主人家雖然會給船費作為旅費，但因為家裡實在太窮，因此孩子們大都會將這筆錢交給父母，自己捨棄下行的船隻不搭，改乘山上砍伐下來的木材做成的木筏進城。

沒錯，這段故事後來成了ＮＨＫ晨間劇《阿信》（一九八三～八四年）的靈感來源。劇中七歲的阿信乘著木筏在岸邊與雙親道別的場面，正是原始呈現木料行老闆娘所說的這段故事。

一般人都將《阿信》視為是一部忍受貧困與艱辛的成長勵志劇，但其實我想探討的重點之一，還有戰爭責任的問題。我一直認為，所有日本人都該為那場戰爭負責。除了主導戰爭的主事者之外，堅守後方的我們也有責任。雖然沒有實際拿著竹槍刺殺美軍，但在當時還算得上是軍國少女的我，也覺得自己必須為支援戰爭的行為負起責任。

戰爭一結束，我看見許多大人態度頓時丕變。有人戰時不停地將年輕人往戰場上推，高喊著：「快志願加入特攻隊！」戰後卻若無其事地表示「那場戰爭我們做錯了」。

過去我工作的海軍主計部掌管著大量物資，全都存放在一個像洞穴的地方。據說有些軍官會暗中將其中的砂糖、醬油或軍衣布料等拿去變賣，換取鉅款用來為自己建豪宅。聽到這些傳聞，我實在無法原諒。

在《阿信》劇中，阿信的長子最後戰死沙場。先生也因為協助戰爭、加入滿蒙開拓團而感到自責，最後選擇自殺。這些劇情安排的背後意義，全是對過去為求生存而協助戰爭的阿信的「懲罰」。

這個國家的每個人民，真的有切身感受到自己對那場戰爭的責任嗎？或許大家早就忘記了吧。但對我來說，當年透過《阿信》想表達的這股反思，我到現在仍無法放下。

農家女與心地不良的大小姐

戰敗為日本帶來的正面效應還有另一個，那就是打破了身分制度。

小學三年級時，我從朝鮮京城回到日本，進入大阪堺市的濱寺小學就讀。那雖然是一間市立小學，但似乎是所名門學校。當時我在學校受到霸凌，原因只是因為我是從朝鮮回來的學生。有一回，我不服輸地出言回嗆，還扯住對方頭髮，將對方拉倒在地。但對方是某個位高權重的檢察官的女兒，於是這起事件立刻被鬧大，最

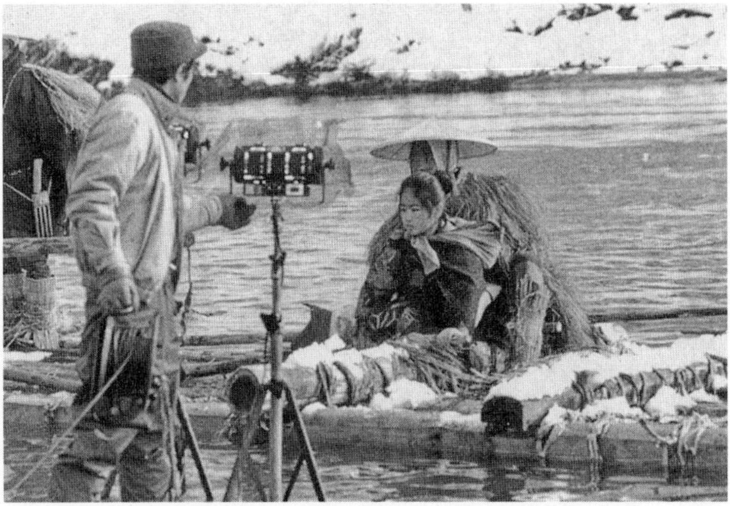

▲《阿信》拍攝現場。

▲《飾演阿信的小林綾子，與飾演其母的泉平子。

後我被迫轉學。也因為這個緣故，讓我對學校感到厭煩，不喜歡上學。

進入日本女子大學後，我原本打算從戶越銀座的伯母家通勤上課，無奈學校卻規定非得住校不可。住校生中個個都是大小姐，有出身華族和士族的大小姐，還有軍官的女兒。軍人在當時氣燄十分囂張，理所當然女兒同樣也是高傲自大。

不僅如此，這些大小姐個個心地都非常惡毒。開學自我介紹時，我因為用母親老家四國的方言說了一句話，結果被大家狠狠恥笑了一頓，害我有將近半年都不敢再開口說話。班上除了我以外，大家都是東京出身，說起話來遣詞用字優雅得體。我卻只因為用了方言，就被視為是怪胎。

學校宿舍通常四人一間房間，一切事務由高年級生主導。住校生中有個不曉得是福知山還是哪裡的城主後代子孫，而我只是一個農村女孩。當時要就讀女子大學必須先通過父母財產審核，因此我似乎是陰錯陽差才獲准入學。在戰時的近衛內閣與東條內閣當中，有個名叫橋田邦彥的文部大臣，戰後因為被迫負起戰爭責任而選擇自盡。我到現在還一直認為，當初校方會不會是把我誤當成他的親戚了。

說到這裡，當時東條英機的女兒也就讀日本女子大學，比我大一屆，是排球社的隊長。我也是排球社的社員，但只是個候補球員。她還有個妹妹就讀學校的家政科。

學校住宿必須繳交高額的住宿費，我原本以為既然這麼貴，肯定有專人會幫忙打理好所有雜事，自己什麼都不用做。結果事實並非如此，不管是打掃或煮飯，全都得自己來。首先，低年級生負責的是打掃廁所。那時候還沒有像現在一樣的生理用品，而是使用脫脂棉。脫脂棉不能直接丟棄，必須將整棟宿舍廁所的脫脂棉廢棄物全部集中成一堆，再挖個洞一起燒掉。那實在是個討厭的工作。

負責煮飯的人必須在家政科高年級生的指揮下做事。但是，從小母親就教我「小孩子不能像乞丐一樣到廚房裡來，這樣太難看了」，所以我完全沒有煮飯的經驗。因此，每次下廚都會被高年級生從頭罵到尾。

「妳連馬鈴薯都不會削嗎？不知道刀子要怎麼拿嗎？」

面對這些，我只能老實回答「不知道」。於是接下來的每一天，我就在這種惡言相待下練習削馬鈴薯。

戰爭打破了身分制度

學校裡那些華族、士族與軍人子女和我們之間，明顯存在著差別。不過戰爭一結束，大家都變成了平民。這讓我不禁覺得「幸好日本輸了」。因為沒有了身分高低、沒有了待遇差別，這個世界再美好不過了。

假使日本贏了戰爭，這個國家肯定會變得讓人更討厭。過去軍人實在非常囂張跋扈。當年在學徒動員令下到兵工廠工作時，我也曾備受欺壓。只要配電盤螺絲有一個拴不好，就會被要求整個重做，甚至還會慘遭痛罵。如果日本贏了戰爭，財閥肯定會繼續囂張跋扈，軍閥繼續目中無人，華族、士族繼續狂傲自大。我們這些平民百姓只能永遠屬於下層階級，不得翻身。這種階級制度的消失，是戰敗帶給我們的正面遺產。也因為戰敗，才促使農地改革的實施，推翻了地主與佃農的身分制度。

後來我進入松竹電影公司擔任劇作家之後，雖然也因為階級制度受到不少責罵和上司的欺壓，但比起戰時所受的欺凌，情況已經好太多了。因為身分制度和軍隊本來就是錯誤的存在。

跟不上時代變遷腳步的加代

在《阿信》劇中，阿信幫傭的米行加賀屋家裡，有個名叫加代的大小姐，在劇中是由東照美小姐擔綱演出。加代與阿信同年，兩人因此成為好友。無奈最後加賀屋破產，而加代的先生又選擇一死了之，她這才發現丈夫因為股票投資失敗而欠下大筆債務。

之後，加代到東京從事賣春，最終因為酗酒而咯血身亡，結束可憐的一生。她身後留下的孩子便由阿信代為撫養。

像加代這樣戰後生活落魄的有錢人家小姐，其實在當時非常多。這些人從小只被教育如何當個好人家的媳婦，完全不會做事。沒有任何工作技能的她們，最後只有賣身一途。

該說是無法跟上時代變遷的腳步嗎？抑或是被時代拋棄？像這樣人生難以順遂的女性，在當時非常多。

反觀像阿信這般出身貧困的人，反而擁有強韌的生命力。雖然無法接受教育，卻也靠自己認字習字，堅強地活下來。

我們家在戰後因為父親是引揚者[5]的緣故，房子被燒掉，什麼都不剩。所以我也是靠自己打工賺錢讀完大學，完全沒有拿父母的一分一毫。也因為是靠自己一個人走過來，所以我對於獨立生活的女性總是特別欣賞。

5 二戰結束後自海外及各殖民地被遣返回國的日本人。

2 自我命運的主人

「畢竟妳都快九十歲了」

我希望自己可以兩手空空地離開這個世界。我的遺書在八十歲那年就寫好了，因為當時的護士見我沒有任何親人，提醒我若不事先立好遺囑，死後所有的一切都將歸國家所有。於是我在遺書中只短短寫下一句，「死後所有遺產將全數贈予我擔任理事長的一般財團法人橋田文化財團」，以後也沒有修改的必要。

當時除了遺書之外，我沒有再做任何身後安排。後來開始安排所謂的「終活」規劃[6]，是到了八十九歲的時候。之所以這麼做，是因為女演員泉平子的一句話。她一直將我當成自己的母親，喊我一聲「媽媽」，總是聽我念著以後老了要做這個、想做那個。當時她建議我：

「畢竟妳都快九十歲、年紀已經很大了，是該做安排了。」

我從以前就計劃到了九十歲要結束寫腳本的工作，如今因為她這麼一句話，我才終於真正下定決心。

處理掉演員的書信及一百二十個手提包

雖說要打理身後事，可一旦著手，才發現工程其實相當浩大。首先我從囤放已久的物品開始整理。我手邊累積了非常多過去寫的腳本手稿，以及播放過的戲劇影帶。

我一直都住在靜岡熱海的別墅。別墅由住家與客人來訪時暫住的客房兩棟建築，面對面挾著通道組成。橋田文化財團表示等我離開人世後，要將客房的部分改為橋田壽賀子紀念館，用來展示我過去的手稿。但我一直很懷疑，有誰會來交通如此不便的山裡參觀紀念館。

出國的照片也堆積如山。我不介意將這些東西丟掉，但財團方面同樣說要留著日後展示用，只好簡單整理後全部留下。書則大部分捐給了熱海市立圖書館，其他

6 指生前自行為臨終做準備。

當初為了寫腳本收集的剪報則全部丟掉。

讓我感到震驚的是，家中櫥櫃裡竟然有多達一百二十個別人送的全新手提包。我將這些手提包原封不動拿到二手店，結果變賣了四十多萬圓，又再度讓我嚇了一跳。

除了這些以外，還有不少包括演員在內的許多人寫給我的書信。我將這些書信全部重讀了一遍，除了一些無法捨棄的之外，其餘全都丟了。以前常用的傳真也都丟掉了。森光子和山岡久乃過去寫給我的許多傳真我都還留著，但由於用的是感熱紙，文字都早已消失了。雖然聽說有方法可以讓文字再現，但我還是全部丟掉。書信和傳真不能直接丟棄，所以我還特地去買了碎紙機。我也把家裡的傳真機拔掉了，因為半夜傳真喀答喀答的聲音實在很討厭。

過去沒有一天不寫的日記，同樣到了九十歲就斷然停筆了。因為我不想再寫字，已經決定再也不寫任何東西了。現在頂多寫寫感謝函。以前工作太忙總是請人代筆，現在則都自己寫。

經歷過戰爭的我們，習性上總是惜物而無法隨意丟棄。即便是微不足道的小東西也會留下，總認為有一天可能派上用場，所以整裡起來才格外辛苦。我最後總共丟掉了十幾箱東西，花了兩年才整理完。在此我要奉勸各位，斷捨離最好趁自己還有體力的時候趕快進行。

我的任務結束了

我覺得自己這一生的任務已經結束了。因為任務終了，接下來就必須好好反省過去、做各種整理才行。但這種念頭其實因人而異。

我和《冷暖人間》（渡る世間は鬼ばかり）[7]的製作人石井福子是共事五十年以上的老朋友，每當我提到關於死的話題，她總是立刻變臉，氣著要我別說那些不吉利的事。

7《冷暖人間》是日本TBS電視台於一九九〇年起分季製作的日本電視劇，二〇一一年播完第十季，播出長達二十年，後續以特別篇形式播映。

石井小姐和我一樣是單身，雖然比我小一歲，但我覺得她是個對生命永遠渴望的人。她有自己的公司，養了不少員工，也很照顧演員，和我不一樣，是個生命中還有責任的人。除此之外，她還交遊廣闊，這一點也和我不同。或許因為這樣，所以她才避口不談死，滿腦子只想著拚命工作。我瞭解每個人的生活方式不盡相同，但我一直覺得自己和她根本是天壤之別。

有工作、而且還養了員工，就正面來看，這或許是一種人生意義。但換個角度來說，這也意味著自己不能隨心所欲地想死就死。我不想變成這樣，更不想再工作，因為過去我已經做得夠多了。

《冷暖人間》每年都會推出一集特別篇，要求我必須為此寫腳本。基於人情，我也不至於拒絕。這也是沒辦法的事。

請不要為我舉辦喪禮！

我從年輕時就決定，死後不想舉辦喪禮。因為我不僅討厭參加包括自己在內的

▲與《冷暖人間》系列中「岡倉家」女子一同為石井福子小姐慶生。

所有人的婚禮，也不喜歡出席喪禮。

我從大學時就覺得喪禮是一項瑣碎、麻煩、陳腐，且象徵著階段制度的儀式。當時華族的喪禮排場是何等盛大，但我也參加過除了家屬只有兩三人出席、場面冷清的喪禮。讓我開始思考喪禮究竟有什麼意義？為什麼大家要做這種象徵身分差別的事呢？

再說，死去的當事人根本什麼都不知道，既然如此，大家究竟為了什麼聚在一起呢？我也見過不少出席喪禮的人，只是因為「去了可以和某些人碰面」之類的打算、考量或利害因素，所以才姑且出席。名人去世後，總會在大型殯儀館舉行喪禮，或是在高級飯店舉辦告別式或追思會，通常很多人都會出席。不過，真正懷著思念故人的心情出席的人，究竟有幾個呢？

如果兒女親友眾多，喪禮的主角就成了這些人，若沒有好好辦一場像樣的儀式，反而會遭來「家屬都在做什麼！」的閒言閒語。不過我沒有任何親人，所以不會有這種困擾。

也有人希望舉行生前喪禮，熱熱鬧鬧地和眾人一一道別。這都是個人的想法，所以也沒有什麼好壞之分。

我不想要任何喪禮或追思會，因為我不想讓場面最後變成無意義的社交場合。再說就算我舉行喪禮，出席的人也都是基於人情，既然如此，我也不好意思讓大家特地跑這一趟。如果只是人情考量，是否出席其實都無所謂。而既然我不需要人情考量的出席，喪禮也就沒有必要了，只要把我燒一燒、送到墳墓裡就行了。

我的墓地早已安排妥當，就在父親故鄉愛媛縣的今治市，與二十八年前去世的先生岩崎嘉一分葬兩地。先生的墳墓位於靜岡，是他死後才建的，因為有戀母情結的他生前曾表示想和母親葬在一起。同一個地點還葬著先生的雙親和兄長夫妻二人。

先生臨終前，大伯曾告訴我「妳以後不能葬在我們家的墓園裡」。當時我只是簡單回答「這樣啊，我知道了」，其實心裡直喊著「太好了，謝謝」，高興得連理由都沒過問。婆婆生前，我已經因為婆媳問題吃盡了苦頭，如果死後還要葬在一起，真的饒了我吧。

我想靜靜離開人世，連死訊都不要公開

我在遺書中除了表明「不要喪禮，也不要追思會」之外，還明確拜託大家，「死後絕對不要公開我的死訊」。

知名女演員原節子在二〇一五年以九十五歲高齡離開人世。自從她退出螢光幕，隔年曾出席名導演小津安二郎的喪禮之後，已經五十多年完全沒出現在公開場合了。當我接到死訊時，距離她過世已經兩個半月了。

她的死除了讓我感到震驚之外，也開始思考「我想跟她一樣」。我不希望自己最後是以「橋田壽賀子於〇月〇日因病去世」的方式，出現在電視新聞或談話八卦節目中，也不想看到自己生前的影像被拿來播放。但反正我也沒留下什麼正式的影帶就是了。

所以，雖然和原節子小姐比較這個不太妥當，但我覺得最理想的方式，是大家偶然才想起「最近都沒看見橋田壽賀子了呢。什麼！她已經走了嗎？」。這樣就夠了。

或者是當電視重播我的戲時，大家才想起「對欸，都忘了有這麼一位劇作家」……不行，這樣我也不要，還是忘了我吧。我希望一旦離開這份工作，在死之前就能被大家遺忘。

因為我真的不想太引人注目啊。即便是受對方關照過的人舉辦的派對，我也絕不參加，一概謝絕出席。只要出席這種場合，遇見許多久未見面的人，就會覺得對方「以前明明很優秀的啊……」而感到失望。我已經老了，不適合交際應酬了。自己說不定也會讓對方失望，另一方面也覺得該是退場的時候了。我已經老得滿臉皺紋，身體四處喊疼，又容易受風寒，所以乾脆拒絕了所有外出的工作。

還有，只要我偶爾在螢光幕前稍微露臉，大家就會以為我要復出，紛紛來找我上節目。這全怪露臉的我不對。畢竟都是個老太婆了，實在不適合再公開露面了。

戰時，生命是國家之物

不是每個人都渴望被生下來。有些人感謝自己被生下來，有些人則希望自己沒有被生下來。這種不同的心態，使人產生了差別。

我聽過很多希望自己沒被生下來的人的心聲。就連我自己也曾在戰時感嘆為什麼要來到這個世界。

「只是來受苦的，不是嗎？既然戰爭會奪走那麼多性命，大家又為什麼要被生下來呢？」戰爭根本是毫無意義的一件事。

如果當初日本贏了戰爭，我們會感到開心嗎？但為此，還有多少人得將自己的性命奉獻給國家不可？在那個時代，每個人的性命都是為了國家，從來就不屬於自己。無論是活下來或死去，都是為了國家。

正因為是國家的性命，所以必須謹慎看待。就連當初我下定決心要在受美軍凌辱前先自盡的心態，也不是為了自己，而是因為自己受辱，就等於國家受辱。

在戰時，完全不覺得自己的性命是屬於自己的。於是，當屬於國家的性命隨著戰爭結束後突然被退還時，便頓時感到困惑，不曉得自己的性命到底屬於誰的。但同時也意識到「今後我可以靠自己的力量活下去了。不會再受人壓迫，也不必再受人命令了」。就這個意義來看，我至今仍覺得日本輸了戰爭是一件好事。

松竹電影第一位女劇作家

一九四七年從日本女子大學文學系畢業後，我又進入早稻田大學就讀國文學系。這一方面是為了逃避母親安排的婚事，另一方面則是因為我從以前就一直想成為一位文學研究家。不過進入早稻田後，我被人拉入話劇社，在邊看邊學之下，漸漸對演戲產生了興趣。一時夢想成為女演員的我，就這樣從國文學系轉到了藝術系。

一九四九年，我以腳本研究生的身分進入松竹電影公司。告訴我松竹就業考試訊息的人，是我當時早稻田的同學齋藤武市，他後來成了電影導演，導過的電影包括小林旭主演的《渡鳥》（渡り鳥）系列，以及吉永小百合主演的《愛與死的凝視》（愛と死をみつめて）等。

這項就業考試共有多達一千兩百人報考，最後錄取五十人。經過一年研習之後，真正進入松竹電影、成為員工的只有六個人。令人驚訝的是，其中女性只有我一人。

二〇一六年去世的劇作家高峰秀子，她的先生松山善三也是當時和我同期進入松竹電影的其中一人。

那年我二十五歲。「松竹第一位女劇作家」的封號雖然很好聽，但那時候的電影圈完全是個男性社會。就曾有導演當著我的面盛怒表示：「劇作家那麼多個，為什麼唯獨我非得和個女人一起做事不可。」我的工作還包括平時泡茶、在宴會上替人斟酒，甚至得在前輩家裡被對方太太叫去打掃、洗碗、溜狗等等。倘若拒絕，就接不到任何工作。這一切宛如戰時的階級制度，充滿著不合理的差別待遇。

我十分感嘆，不懂自己好不容易僥倖獲得的生命，為什麼非得浪費在這種毫無意義的事情上。

有時候接到寫腳本的工作，到了試映會時，緊張期待地看著自己的作品，才發現裡頭完全不見自己寫的台詞，因為早在拍攝現場就已經被導演和演員擅自改掉了。就這樣過了十年，我還是無法接到自己滿意的工作。最後我被調到秘書室，這下子我才下定決心。

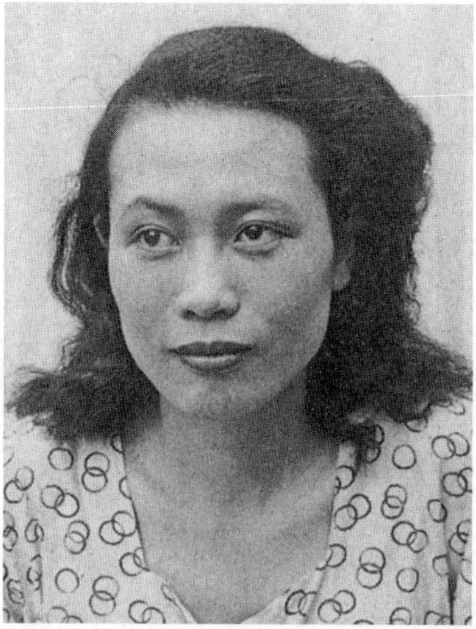

◀從日本女子大學畢業，進入早稻田大學就讀，並在戲劇社擔任演員。

▶以「浩大聲勢」進入松竹電影公司。

「我是來寫腳本的，不是來泡茶打雜的！」

我毫不戀棧地辭掉了松竹電影的工作。過去老是被說「一個女人能做什麼」的我在暗地裡發誓：「我一定要寫出只有女人才寫得出來的腳本給你們看！」

結識石井福子，進入電視圈

那一年是一九五九年，皇太子夫婦結婚。我因為也想看婚禮遊行，於是砸錢買了所謂的電視。

接下來無庸置疑是電視的時代。當時一些從電影圈轉戰戲劇界的演員和工作人員都會被嘲笑是「落魄」，但我完全沒有心思去理會這些閒言閒語。我開始不停地寫電視劇腳本，透過關係向電視台毛遂自薦。雖然一直未被錄用，但幸運的是，在電視圈沒有性別歧視。

我靠著在雜誌寫少女小說和少女漫畫原著，以及在週刊雜誌擔任自由作家勉強維生。就這樣過了三年，日本電視台終於錄用了我創作的電視劇腳本《夫婦百景》

（夫婦百景）。當看到自己寫的每一句台詞，一字不改地透過電視從演員的口中說出時，心中的興奮喜悅簡直無可比擬。

大約就是在那個時候，我結識了在TBS電視台工作的石井福子。當時我只是個初出茅廬的劇作家，而她已經是「東芝週日劇場」的知名製作人了，兩人的身分地位可說是雲泥之別。我和她第一次搭檔合作的電視劇《交出薪水袋》（袋を渡せば，一九六四年）是由山內明和香川京子主演，當時她鼓勵我「寫自己喜歡的東西」，於是我向她提出從以前就一直很感興趣的主題：「先生薪水的一半應該要給太太作為主婦費」。

石井小姐對這個主題非常讚賞，認為這種不以大事件為題的腳本十分少見，而且很有趣。但是當我將寫好的腳本拿給她看時，卻遭到一連串的批評。

「我說妳啊，雖然想寫出漂亮的句子，但妳自己念念看！這種話平常會這麼說嗎？家庭連續劇就應該要像平常一樣說話啊！」

當時還沒有擺脫電影作法的我，寫的台詞全是做作的腔調。最後，石井小姐當場即興說了一段口白，灌輸我電視劇台詞的寫法。

她讓我瞭解了用一般人平時會說的話來寫台詞的重要性。我和她的合作從此展開，一直延續到《冷暖人間》。不過，我到現在回想起來還是覺得，「當初她有必要那麼生氣嗎？」

當二流比較輕鬆

持續創作電視劇腳本一陣子之後，我寫的東西總算被大家接受了。創作腳本對我來說是非常幸福的事，而且還能將自己無法實現的生活態度寄託在劇中角色身上，所以我從不覺得辛苦。相反地，我的心態十分隨性。我總是亂寫一通，想說什麼就寫什麼，因此常被演員抱怨「台詞太長了」。但我一點也不在乎。

推敲語氣、斟酌台詞的過程，以腳本創作的角度來說稱為「洗練」。像是倉本聰或山田太一這種知名劇作家，可以簡單用一句話就表現出我一整頁的內容。但在這背後，他們肯定花了非常多時間不斷洗練台詞，一一除去多餘。

▲拍攝於 1964～67 年 TBS 電視劇《現員 11 人》（ただいま 11 人）的維也納外景。左起為筆者、石井福子、松尾嘉代、池內淳子、中原瞳。

已故的向田邦子更是個天才劇作家，她筆下的台詞實在完美無瑕。像我這種人怎麼也追不上她，甚至連嫉妒都不夠資格。

如果說洗練、高雅的藝術作品是一流的戲劇，我寫的腳本則每一部都是二流貨色。二流的腳本當然是出自二流作家之手。我擁有的是二流的人生，做夢都沒想過自己要成為一流。畢竟成為一流可是很累人的啊。相反地，二流就輕鬆多了。

只不過，以前的人很老實，我再怎麼隨性，都絕對會嚴守截稿日期。錯過截稿日期也沒關係的，只限創作一流作品的劇作家。我總是告誡自己，像我這種二流作家，至少要嚴守基本的截稿日期。向田邦子的作品就算晚交稿，但由於內容完美，還是可以被接受。但是像我這種二流作家一旦延誤，就沒有下一次機會了。我就是靠著嚴守這一點走到今天。

為了觀眾而活

隨著時間愈久，我愈堅信「將自己寫的東西傳達給大眾，比起書籍和電影，電視是最好的方法」。同樣是寫作，小說會以自己的語言和文章原本的模樣直接呈現在大眾面前。雖然令人羨慕，但閱讀的人有限。就這一點來說，電視劇的觀眾比小說的讀者多出了好幾倍。

當年《阿信》播出時，我走到哪都會遇到忠實觀眾，甚至還有人對我崇拜如神。當我知道連不讀小說的老婆婆也喜歡看《阿信》時，我才為自己身為劇作家感到高興，知道自己活得有意義。我也發誓要好好珍惜自己與生命，繼續寫出更好、更多適合普羅大眾的戲劇。

就這樣，我全身心忙碌於工作中，絲毫沒想過關於死亡的事。我十分注意自己的健康，因為我不斷告訴自己，如果沒了健康，就無法繼續寫出大家喜歡的東西。不過就像大家看到的一樣，現在的我對健康已經沒有強烈的渴望了，因為我已經是個不再被需要、功成身退的人。所以，會開始思考死亡也是理所當然的事。

不再有人找我寫腳本了

過去曾有報導指出「橋田壽賀子宣布封筆！」，嚇了我一大跳。事情就發生在二〇一五年我接受某電視節目採訪後。當時我在節目中除了「終活」的話題外，還說到：「看到現在的電視劇，實在讓人完全不想提筆寫腳本吶。」

「我覺得在當今這個時代，平淡的家庭劇已經無法生存。既然這樣，不寫也沒差了。」

結果這些話似乎被誇大成了「封筆宣言」。想說的話被解讀成另一個意思，這該怪自己想到什麼就說什麼嗎？

事實上，大約從這事件發生的前一年，就已經沒有人找我寫腳本了。當每家電視台都不再要我動筆時，我就明白自己的時代結束了。不用自己宣布封筆，我就已經被自動解雇了。

從那事件後過了三年，我便完全被大家遺忘了。

過去我雖然一直在寫腳本，自己卻不太看電視劇。因為總是太忙，沒有時間看。我為NHK寫了四部晨間劇、三部大河劇，再加上一共播出二十年、長達五百集的《冷暖人間》，若是再看電視，就趕不上截稿期限了。

過去忙到沒時間看電視，所以現在白天我拚命看重播。什麼《無賴刑事純情派》（はぐれ刑事純情派）啦、《相棒》（相棒）啦，看得津津有味，每天時間都過得飛快。

整天看電視雖然也很累，但這種看電視的時間是我過去不曾擁有的。所以現在我想多少拿回一些過去不曾體驗的時間。這也是一種自我回顧，我經常邊看電視劇邊想起「當年這齣戲播放時，我應該是在寫那部腳本吧」，或是「那個時代都是那樣過的啊」。

每當看著電視、沉浸在懷舊中時，總會突然想起「啊，那個演員已經走了，那個人也不在了」，進而開始懷念起過去。像這樣什麼都不做、只是呆坐著看電視，是我過去長久以來一直渴望的事。

比電視劇更有趣的池上彰

從近日的電視劇來看，我非常能理解自己被大家遺忘的理由。我寫的電視劇已經不再符合時代需求了。

我擔任理事長的橋田文化財團每年都會選出對電視圈有貢獻的劇作家或演員，頒發「橋田賞」給對方。前陣子，電視正好播出某位獲頒橋田賞的劇作家作品，於是我滿心期待地看了，沒想到才看到一半就呼呼大睡。我完全看不懂戲在演什麼，劇情實在枯燥無味。我既後悔又氣憤，「根本不該把獎頒給那個人！竟然寫出這麼無趣的東西！」但另一方面我也擔心，看不懂該不會是因為自己已經老了的緣故？懷著這種不安的心情，我漸漸自動遠離時下新的電視劇。

比起現在的電視劇，我比較喜歡看猜謎類、記錄報導，或是池上彰主持的時事評論節目。在旅遊節目中看到自己去過的外國名勝，就會很興奮，「那間教堂我去過！原來它這麼有名啊。」還有那些搞笑藝人排排坐的娛樂節目，以前覺得很愚蠢，但最近卻看得很開心。看來我也墮落了呢。

對活著不再有眷戀

我對活著已經沒有任何眷戀了。以前缺衣少食，不知道自己為何而活，只是為了一個熱狗麵包而拚命工作。好不容易找到自己喜歡的工作之後，一般人接下來大都會結婚生子，為了另一半活下去，或是為了孩子而努力。但是，我身邊沒有任何值得我繼續活下去的對象。

我從不去想自己的人生是幸福或不幸。每個人的價值觀不同，我以為十分不幸的人，在他人看來或許認為「這世界上沒有人比他更幸福」。但也可能相反。

對於自己毫無牽掛這件事，我感到十分幸福。因為這麼一來，就能隨時死去。所以即使哪天又有工作找上門，我可是一點也不想再提筆了。

3 人的尊嚴究竟是什麼？

隱瞞先生罹癌事實的痛苦

我的先生岩崎嘉一在一九八九年九月二十七日離開了人世，當年他六十歲。發現他罹患肺癌，是在他走的前一年秋天，但我並沒有告知他罹癌的事實。如果當時病情靠手術或化療可以治癒，我一定會明確告訴他「你罹患癌症了，但只要接受治療就能痊癒」。可惜，他發現的時候癌細胞已經轉移了，醫生告訴我「最長只剩半年的時間」。在當時，告知患者病情的作法還不是很普遍，再加上我認為既然已經無法痊癒，懷著希望走完人生或許才是幸福。

我以為那個時候如果告知先生真相，他一定會很可憐。但或許事實上，我可憐的是自己。和被宣告生命只剩半年的先生一起度過剩餘的時間非常痛苦。持續鼓勵他「你會好起來、一定可以的」就輕鬆多了。現在想起來，我或許是個自私的人吧……

後來，先生的病情毫無起色，我們開始試著進行化療。化療會造成掉髮，於是我騙他是罹患肋膜炎，告訴他「得用效果較強的藥才能快點治好，但聽說這種藥和化療一樣會讓人掉頭髮，所以你乾脆先理光頭好了」。

然後就幫他理了個大光頭。

當生命來到最後一個月，主治醫師勸我說出實情：

「說不定他有最後想做的事或想見的人吶。」

但我還是要求醫生「絕對不能說」。直到先生臨終前，我都拒絕告知他真相。

反正都要死了，就讓他繼續抽菸吧

發現先生罹癌，大約是在我開始寫NHK大河劇《春日局》（春日局）的時候。要一邊照顧先生一邊寫大河劇實在不可能，於是我打算推掉這部腳本。但和石井小姐討論後，她勸我「要是現在推掉了，妳老公一定會發現自己病重的真相」，我這才改變主意。

先生最後一次住院時，我陪他一路從熱海到東京的醫院。我心想「這是我們最後一次一起搭新幹線了」，而先生卻依舊悠哉地抽著菸。我曾拜託主治醫師別要求他戒菸，「反正他都要死了，就讓他直到最後都抽著自己喜歡的菸吧」。

先生之前在東京租來當工作室的公寓，在他住院期間還重新整修，改成可以居住的樣子，好讓他痊癒之後可以繼續工作。

我甚至欺騙他到這種地步。所以直到最後一刻，他都沒想過自己會死。因為就在他離開當天，他還把證券公司的人找來病房。

「他說有想交易的股票，要我來一趟……」

對方說得一臉震驚且不知所措。因為當他來到病房時，先生已先一步離開人世了。

將手錶埋入文學家之墓

先生的死讓我鬆了一口氣，這是事實——因為任務已經結束，我終於可以不必再說謊。不過，朋友當中卻有人告訴我：

▲一直抽著最愛的菸直到臨終最後一刻的先生。

「妳錯了，他根本都知道。但因為妳不想讓他知道，他憐惜妳，所以才裝出一副不知道的模樣。」

先生直到最後都活得很開朗且充滿朝氣。光是這一點，我對自己做過的事便毫不後悔。然而我確實想過，或許先生真的有想寄託遺物之類的人也說不定。要是在喪禮上跑出個女人表明身分討遺物、嚷著自己沒見到他生前最後一面，我可什麼都不知道啊。幸好也沒出現這樣的人就是了。

先前曾提到，先生雖然是家裡的次子，卻表明想和自己的母親葬在一起，所以最後他葬在靜岡的墓園裡。在這之前，我曾向日本文藝家協會在富士靈園的文學家之墓提出申請，結果對方告訴我：「您已經買了啊！您不知道嗎？」我不知道，因為那是先生買的。

我不打算將自己的骨灰埋在這個文學家之墓。我在遺書中寫著，「等我死後，請將我和先生兩人的勞力士手錶一同放入這個墓中」，以象徵我們兩人一起走過的歲月。

愛到幾乎無法工作

從來沒想過要結婚的我，為什麼會到了四十一歲又突然結婚了呢？

這個動機其實並不單純。當時，身為劇作家而感覺到自己的才能有限的我，覺得「當個家庭主婦好像也不賴」，於是開始考慮找個收入穩定的上班族對象來結婚。

就在這時候我認識了TBS電視台的企劃課長，他雖然總是一副自以為是、滿口道理的樣子，但對電視台的工作充滿熱情，深受周遭人們的喜愛。這個人就是岩崎嘉一。

我甚至曾經對石井小姐說：

「我愛他愛到幾乎無法工作了。如果不能跟他在一起，我也不想再寫什麼腳本了。」

嚇得石井小姐急忙幫我從中牽線，撮合我們兩人。結果對方的回答是：

「只要願意嫁給我，誰都可以，畢竟我已經有年紀了。」

我對自己也是同樣的想法。對他來說最後的決定關鍵，是我的生日五月十日正好就是TBS電視台的創立紀念日。

「我已經將自己的青春奉獻給TBS了。我和妳算是有緣，我們就在五月十日結婚吧。」他說。

於是才交往三個月，我們就攜手步入禮堂。

戀母情結的先生，與《阿信》中婆婆的範本

問題是，我的年紀比先生大四歲。

「妳別跟我媽說妳年紀比我大，她會擔心。」

這種事情有什麼好擔心的？這是我第一次因為和婆婆觀念不同受到衝擊。結果直到婆婆去世之前，我一直都對她謊報年齡。

有戀母情結的先生只要一有空，就想回沼津的老家。

他總是邀我一起回去，因為「如果我們沒有一起回去，媽媽一定會擔心地問為

▲我和先生的蜜月旅行是到台灣。媒人是石井福子。

什麼妳沒回去」。

他都這麼說了，我只好盡量配合。再說我好歹也是個媳婦，所以每當回老家都會到廚房問婆婆是否需要幫忙，表現出好媳婦的模樣。

婆婆總是親切地說：「沒關係，妳偶爾才回來，放輕鬆當自己家就好。」但是當我信以為真、什麼都不做時，婆婆卻在私底下跟小姑們抱怨：「她可真的什麼事都不做呢。」

當小姑們告訴我「妳要自己找事做啊」，我這才知道「啊，原來是這樣啊」。飯菜的味道也是。關西出身的我吃得比較淡，出身伊豆漁港的婆婆總是嫌我煮的飯菜沒味道。

「媽，吃淡一點對嘉一的健康也比較好啊。」只要我這麼說，婆婆又會在私底下跟小姑們抱怨：「她又在跟我頂嘴了！」於是小姑們會再告誡我：「妳不能回嘴啊！媽媽就算把白豆說成黑豆，妳也要說『對，這是黑豆』。」

我這才又恍然大悟。

據說先生老家的左鄰右舍都在謠傳，《阿信》中由高森和子飾演的惡婆婆，其實就是以我婆婆為範本塑造出來的角色。事實上，《阿信》描述的是與昭和天皇同年的女性的一生，因為我想帶大家回顧過去的昭和年代。正巧婆婆就與昭和天皇同年，再加上先生告訴她「壽賀子下一部戲打算要描寫妳」，因此她一直堅信自己就是阿信一角的範本。真是謝天謝地。

後來我聽說，婆婆自己以前似乎也因為有虎姑婆綽號的壞心眼婆婆而吃了不少苦頭。

走入家庭，渴望有小孩

以前我一直考慮一結婚就要辭掉工作，因為我想要小孩。我打算當個在家兼顧家事與小孩的專職主婦。

石井小姐在我結婚前曾帶我到醫院做檢查，因為她說：「我現在是在幫一個四十一歲的女人介紹對象，所以我得向對方證明這個女人是生得出孩子的。」

但是，結果事與願違，我一直無法懷孕。醫生曾要我帶先生一起去做檢查，但這似乎會傷害到他的自尊心，所以我始終說不出口。

最後實在無計可施，我只好又開始重拾寫腳本的工作。不過當初結婚時，先生曾提出一項條件：

「我不是和劇作家結婚，所以妳絕對不能在我面前攤開稿子。家裡的家事絕不能偷懶，工作就趁做家事的空檔再做就好。」

因為這樣，我只能趁他不在家的時候動筆。只要他說當天要和人喝酒、會晚歸，我就很開心，「太好了！請盡情喝到多晚都沒關係」，自己則是在家拚命寫稿。

不過，這位先生不曉得是不是為了要證明自己沒有去不該去的場所，總是在半夜帶著朋友回來。雖然他要我先睡沒關係，但就算是凌晨四點才回來，我也一定會起來幫忙端酒、準備茶泡飯。因為我愛面子，不想讓他的朋友覺得「我去岩崎先生家裡，結果他老婆從頭到尾都沒出現」。

反正在先生回來之前的寶貴時間，我也都在寫稿沒睡覺。我只是不想讓他覺得自己因為工作就怠慢了身為老婆該做的事。這才是我真正的本意。

覺得結婚真好，是當我在工作上開始學會吵架之後的事了。以前每當腳本被製作人或導演要求重寫，就算覺得不合理，我還是照做。因為我擔心萬一不照做會被換下來，影響到生計。當初也是因為對這種情況感到厭煩，才想放棄劇作家一途，選擇走入婚姻。結了婚之後，有了先生每個月給的錢，我不必再像婚前一樣為生活擔心了。因此只要是不能接受的工作，我也敢直接說「我不幹」。有趣的是，當我開始只寫自己想要的東西之後，作品也漸漸受到肯定。

作為借款抵押而寫的《冷暖人間》

先生從TBS退休後，自己創立了一家名叫「岩崎企劃」的公司，並將我的稿費拿去換成股票進行投資。在他過世後，我將股票變賣。當時正值一九八九年泡沫經濟的巔峰，我竟然賣得了兩億七千萬圓的高價。我心想，「既然有這麼多錢，我要暫時停筆休息了」。

但這個念頭卻被石井小姐狠狠訓了一頓。

「妳要是拿這些錢去享福，妳老公肯定會化成鬼來找妳算帳。他生前曾說過『要用橋田壽賀子的名字創立一個獎項，把錢頒給新進劇作家或是對電視圈有貢獻的人』。所以現在妳必須完成他的遺志才行。」

不得已之下，我只好用這筆錢作為資金，創立了「橋田文化財團」。協助我創立財團的，主要還有因為《阿信》結緣、十分照顧我的山形縣選區議員加藤紘一先生和近藤鐵雄先生等人。

然而，設立財團需要三億圓。不足的三千萬圓，只得向TBS電視台商借。相對地，電視台要求我必須寫一整年的電視劇作為擔保。當時我所寫的腳本就是《冷暖人間》，這是一部作為借貸抵押而寫的腳本。因為播出時間長達一年，人物角色得夠多才行，因此我才設定了五姐妹的角色。

這部戲從一九九〇年開始播出，每次我都告訴自己「這一季寫完就結束了」，

▲在 2017 年筆者生日當天舉行的橋田賞頒獎儀式上，與船越英一郎等人合照紀念。

但播出結束後總會收到許多觀眾來信，於是電視台又要求我「繼續寫下去」。由於每次提筆一下子就寫完了，所以光是年度腳本就寫了共十季。加上之後大約每年播出一集特別篇，前後總共持續播出了近三十年之久。

每回電視台來邀稿，我都覺得已經沒有題材可以寫了。但隨著時間流逝，人物角色不停成長或老去，又會有每個世代不同的新問題產生。這幾年大都是以遺產繼承，以及人老了終有一天會孤單一人等內容為探討主題。

寄託在戲中的心情

我一直覺得正因為我沒有家人，所以才有辦法寫出這麼多家庭連續劇。畢竟如果有小孩，就難以想寫什麼就寫什麼了。因為萬一孩子看到自己寫的台詞，難免會覺得「原來媽媽是這麼想的啊」。為了避免發生這種情況，在寫台詞時可能就會有所斟酌，或是淨寫些漂亮的話也說不定。這樣的戲，根本不可能好看吧。所以，正因為我沒有任何家人，才能毫無顧忌地任憑想像盡情發揮。

不過，戲劇雖然靠的是想像，但裡頭也傳達了我理想中的家庭模樣。

舉例來說，即便是感情親密的家人，也不可能永遠說真話。這不就是事實嗎？就連我，也絕對不敢做出和婆婆吵架這種忤逆的事。但假使彼此都不說出真心話，就沒辦法瞭解對方真正的想法。所以《冷暖人間》一直都是一部「吵架電視劇」。戲裡的角色隨時都在互相宣泄這些大家在現實生活中無法說出口的真心話。

我和石井小姐時常慶幸「幸好我們都沒有家人」。萬一我有兒子，自己恐怕會是一個既囉唆又壞心的婆婆吧。

假使兒子打算帶媳婦來見我，無論對方是什麼樣的女生，我肯定會這裡不喜歡、那裡不順眼地淨挑對方缺點。事實上，曾經有個我視為自己女兒般的年輕女演員對我說：

「我對老師您非常尊敬。但如果您有兒子正在尋找對象，說什麼我也不會嫁給他。」

寫腳本時有幾個原則我一定遵守，其中第一就是無論任何戲，最後一定要是完美結局。家人之間無論再怎麼爭執或激烈爭吵，最後一定都會和好，來個圓滿大結局。

因為，現實中不可能永遠圓滿，所以至少得在戲裡讓大家保有美夢和理想才行。

家庭連續劇不需要不倫戀和殺人情節

我寫腳本的第二個原則，是不寫不倫和殺人情節。因為看我的戲的人大都是上了年紀的家庭主婦，這些人正好也是喜愛觀看家庭連續劇的族群。若想看不倫和殺人情節，多得是現在劇作家所寫的戲劇。

家庭主婦每天都很忙碌，就算到了想看的電視劇播出時間，也未必能一直坐在電視機前好好觀看。有時得邊看邊摺衣服或洗東西，或是突然有宅配要簽收。所以，我寫的電視劇即使眼睛沒有一直盯著電視機看也能跟上劇情，因為台詞很多。

我的腳本就像廣播劇一樣，沒有任何舞台提示[8]，一切都用台詞來描述說明，所以據說會讓演員背到想哭，主演《冷暖人間》的泉平子等人就老是抱怨：「又是一

▲與岡倉家五姐妹共同撒豆祈求戲劇大受歡迎。

整頁全都是我的台詞！太長了啦！」

雖然對他們很抱歉，但只有這一點我無法妥協。以前我甚至還寫過長達五頁的台詞呢。

也不需要臨終、對戰、床戲等場面

除了不倫和殺人情節，我也盡量不寫關於臨終、對戰或床戲。大家聚集在病床邊流淚的臨終道別情節，或許充滿引人入勝的戲劇張力，但我就是不喜歡。我覺得觀眾根本不會喜歡看這種東西。

臨終前誰趕著來見最後一面、誰又不來，或是人過世之後的遺產繼承問題等，這些事件的前後發展才是劇情所在。所以我才會乾脆盡量避開最重要的臨終情節，改而描寫事件前後的發展。

我也寫過不少時代劇，但還是很討厭對戰或戰爭。打仗這種東西，看的人真的會開心嗎？只要知道誰輸誰贏，不就好了嗎？戰爭的前後發展，才叫劇情啊。

ＮＨＫ大河劇的對戰場面通常被視為是最大看頭，但我幾乎不寫這種情節。況且馬匹、盔甲、臨時演員等，對拍攝來說，也是一筆不小的花費，所以我一概用旁白帶過。不過對於演員來說，反而比較想演出對戰場面吧。

至於床戲，根本是戲劇中最不需要的東西，反倒是床戲的前後發展才是劇情重點。床戲「當下」，大家做的事都一樣啊。既然如此，「為什麼要安排床戲？拍演員躺在床上要做什麼？」雖然我這麼說，但演員還是個個躍躍欲試，真是夠了。

如今我寫的戲劇已經與時代不符了，所以不再有人找我寫腳本，我也漸漸沒有想寫的東西了。但唯一有個計畫是，我想寫一部以中年夫婦為主角的電視劇。

可惜，現在已經找不到演員了。符合我心目中角色印象的演員一個個都離開人世了。就算找到適合演出的人，也會被電視台嫌棄「找那個演員當主角，這種企劃行不通喔」。現在的電視劇好像非得用年輕演員當主角才行。因為這樣，更讓我覺得現在已經不再是我的時代了。

8 腳本中用來提示演員表情、動作或音效的說明。

孤獨死友人的警惕

自從先生過世後，至今已經三十年。現在，我靠自己工作賺錢，不讓人操心，也不造成他人困擾。直到人生終點，我都會這樣自己照顧自己，直到最後死去。

如果我有孩子，當然會投資在孩子身上，之後就能獲得回報。但我沒有投資的對象，所以這也是沒有辦法的事。

不過事實上，投資孩子不應該是為了獲得回報。膝下無子的我說這種話或許很奇怪，但面對孩子，不就應該是不求回報、「自己為自己的臨終做好準備，即便孩子漠不關心也無所謂」嗎？

如果心懷期待卻得不到孩子的回報，期待的心情將有可能轉變成恨意。對自己的孩子懷恨在心，難道不是很悲哀嗎？

我有個女性友人，自從先生過世後，她就獨自照顧婆婆並同時撫養兒女。後來兒女成家立業後，由於女兒和媳婦都有工作，因此孫子小時候就寄養在她身邊。她不僅為孫子打理三餐，也照顧得無微不至。雖然她經常抱怨腰痛腳痛，但對她而言，為家人奉獻就是自己的生活目標。我雖然覺得她「好可憐，被人這樣任意使喚」，不過當然，這些話我並沒有說出口。

好不容易孫子也長大獨立了，基於總有一天要和兒子一家人同住的打算，她蓋了一棟三層樓高、兩代同堂的房子。誰知道，後來媳婦卻表明「不願意和婆婆住在一起」。

於是，她只好自己一個人一直住在這棟偌大的兩代同堂房子。她經常向我流淚表示：「兒子和女兒都不來看我，就連孫子也是，虧他小時候我那麼照顧他……」

我只好安慰她：「反正妳也幫過他們了，這樣不是就好了嗎？接下來的人生，妳就做些自己喜歡的事吧。」

然而，她完全沒有自己的喜好。對家人奉獻就是她的人生，所以她只會照顧孩子和孫子、做家事、為他人忙忙碌碌。為家人做了這麼多之後，一旦不再有自己可以做的事、只剩獨自一人時，卻找不到任何想為自己做的事了。

走過戰後的女人，很多都是如此。倘若能轉換心境告訴自己，「哎呀，終於只剩自己一個人，可以放鬆了」，倒不成問題。就像我這種人，拚命工作的反作用之下，玩起來同樣也很努力。但朋友她並不是這種人。

她的一雙兒女都覺得媽媽身體還算健康，一個人住應該無所謂，因此對她不加聞問。結果就在她八十幾歲時，竟然就這樣一個人孤獨離開人世。由於平時沒有人會來看她，她就在偌大的兩代同堂房子裡死了兩天才被發現。

她以前總是對我這麼說：「妳好可憐，沒有孩子陪妳。」這時候無論我說什麼，聽起來都像在逞強，所以我總是沉默以對。不過到後來，她經常對我說的卻是：「妳真好，對自己一個人已經看開了。」

看到她的離世，我想，只要對家人有所期待，一旦落空，想必晚年會過得非常寂寞孤單吧。

不可太過依賴家人

愈是對孩子盡心盡力的人，只要孩子不如預期孝順，或許會更容易感到落寞和後悔。不過相反的，孩子長大後如果還一直留在父母身邊，不是更奇怪嗎？結了婚之後，理所當然要以和另一半的生活或自己的家庭為重。這麼說或許很無情，但我認為正因為一直把孩子視為己有，期待落空時才會覺得遭到背叛。

我從小就不曾體驗過像家的家庭生活。父親長年定居朝鮮，戰後我又獨自一人在東京生活，從來就不知道什麼叫作一家團圓。一直以來我都是獨自一人在異鄉，不依賴任何人地一路走到現在。也因為這樣，我不會遭人背叛，也沒有恨過任何人。

二〇一六年播出的《冷暖人間》，描述的便是這種心情。劇中提到泉平子所飾演的岡倉家次女五月，隨著料理店「幸樂」的改裝，生活頓時多出不少空閒，讓她不知如何是好。

或許在這個世上，太多人都為「家庭」或「家人」付出太多人生了，最後反而失去了自我。

先生離開已三十年，但我從不覺得寂寞

我是個獨生女，所以自從我嫁到岩崎家之後，橋田家也跟著絕後了。愛媛那邊父母和前代祖先的墳墓，我仍舊持續在祭拜。老家信奉的是淨土真宗，但我並沒有特定宗教信仰，純粹只是祭拜父母和先生，還有祖先和橋田家的代代先靈罷了。

不過，在熱海的家裡，我經常會感覺到先生的存在。當我在二樓睡覺時，似乎可以感覺到「啊，他在樓下客廳」，或者當我在客廳寫稿時，「他就在二樓的書房呢」。屋外對面的客房是先生過世之後才增建的，所以那裡不會有他的蹤跡。

我們婚前購買的大餐桌，在當初從東京搬家到熱海時也一塊搬過來了，就放在客廳裡，正好可以遠眺整片網代灣。每天我無論吃飯或寫稿，全在這張桌子上解決。《阿信》也好，或是《女太閤記》（おんな太閤記）或《冷暖人間》，全都在這張桌子上完成。我總覺得只要在這張桌子上，稿子就能順利完成。這種莫名的信心，或許是因為先生就在這個家裡吧，讓我有種「有人在為我加油」的感覺。

因為這樣，我完全不覺得先生已經離開我了。偶爾早上睡醒時會想到「對了，得起來幫他做早餐才行」，或是以為他人還在東京的工作室，「得打通電話給他才行」。

我唯獨對先生才有這種過世的人還在身邊的感覺。如今我已經一個人獨居三十年了，卻一點也不寂寞，這或許也是原因之一吧。

被迫活在無意識中，真的是幸福嗎？

在先生臨終前照顧他的那段日子，我漸漸覺得因為癌症離開人世也不錯。以現在來說，得知自己病情的人可以選擇住進安寧醫院，透過緩和療護來減少病痛，平靜地離開人世。不曉得這些有著同樣遭遇而住進這種場所的人，彼此是否也會約好下輩子再做朋友？

死前就接受自己病情無法治癒事實的人，看起來好像很幸福。因為知道自己還剩多少時間，有機會可以回顧自己的人生。知道自己的死期，且能接受相對的治療，這一點或許跟安樂死很像。

我曾經想過，人的尊嚴究竟是什麼？雖說是簡單一句維護尊嚴，但每個人應當受到保護的尊嚴可說千差萬別。因為每個人所認知的尊嚴都不盡相同。

有人希望「只要還能呼吸，就讓我繼續活下去」，即便只是靠人工呼吸器活下來也無所謂。也有家屬可以接受這種作法，認為「只要有呼吸就是活著」。但相反的，也有人認為這樣活下來實在太悲哀了。

我不希望自己將來靠著人工呼吸器活下來。死亡對我來說一點也不可怕，但我不想帶著痛苦或疼痛或煎熬離開。這也是我希望安樂死的原因，因為我想要死得乾脆一點，不想為死受罪。

現在在車站等人潮聚集的場所都設置有AED（自動電擊器），可以對心臟施以電擊，使其恢復正常運作。AED也有提供個人居家租借的服務，家裡的幫傭就曾問我要不要借一台回來放在家裡。我告訴她：「不需要啊。如果哪天我沒心跳了，就這樣讓我直接死掉就好。」

我還拜託她如果真有這種時候，連救護車也不必叫。因為我不想為了活下來注射任何點滴，也不想裝設胃造口。為了維護自己的尊嚴，我必須事先清楚表達「不要對我進行無謂的延命治療」的意思才行。但要對誰說呢？雖然已經拜託幫傭，但我沒有任何親人，朋友也都和我差不多年紀，誰會先走還不知道呢。

如果罹患癌症，我希望被告知嗎？其實知不知道都無所謂，只是我也沒有任何家人可以告訴我，只能自己開口問醫生。

不過如果是癌症，還有多久會死，自己和身邊的人都清楚。但如果是失智症，可以活幾年沒人知道，就連自己也說不準。萬一就這樣失智活了十幾年，身邊的人恐怕也會受不了吧。

以「安樂死」幸福走完人生最後一段路

雖然並非所有醫院都是如此，但有些醫院的確是藉著維持患者生命來賺錢。這種全身被插滿管子、每天被迫吞下一大堆藥而求死不能的作法，我想還是饒了我吧。

醫療的最大使命是治療疾病和傷痛、拯救性命。不過，近年來的醫療卻讓人感覺只重視「讓病人活下來」。事實上，讓病人幸福平靜地死去，難道不也是醫療的任務嗎？

倘若繼續活下去有違當事人的尊嚴，當事人也不希望這麼做，這時候就應該要有醫療行為讓當事人好好離開人世。所以我才希望可以針對這種醫療行為制定出相關規則或制度，讓醫療人員不再需要個人為此判斷，也不必背負任何責任。

安樂死與尊嚴死的不同

安樂死與尊嚴死是兩個截然不同的東西。所謂的安樂死，是刻意使用致死藥物的「積極安樂死」。相對於此，尊嚴死是透過拒絕進行延命治療以達到盡早結束性命的目的，換言之就是「消極安樂死」。

在日本雖然不承認安樂死，但卻允許尊嚴死。

日本尊嚴死協會從一九七六年就成立，前首相小泉純一郎入會時還曾造成話題，最近聽說漫畫家蛭子能收也成了會員之一。協會的會員據說超過十一萬人，其中八成年齡在六十五歲以上。以男女比例來看，女性是男性的兩倍，這一點相當有趣。這或許和男女平均壽命有關，但也可能是因為男性對死比較看不開，女性則爽快多了。

日本尊嚴死協會一直鼓勵民眾簽署「生前預囑——臨終醫療事前指示書」，一旦有需要，就可以交由醫療人員遵照執行。指示書的內容如下：

本指示書為本人於健全精神狀態下所寫下的自我意思。

因此，除非本人於健全精神狀態下宣告廢除或簽署撤回文件，否則本指示書皆具法律效力。

一旦本人傷病經診斷於現代醫學無法治癒，本人將拒絕接受只為延緩死亡的延命措施。

不過在此情況下，為了減緩痛苦，本人同意使用適量麻藥來進行適當的緩和療護。

當本人陷入不可恢復的植物人狀態時，請勿對本人進行任何生命維持措施。

在此，本人為忠實遵照以上本人意思之人員深表感謝。並藉此聲明，他們遵照本人意思所進行的一切行為責任歸屬，皆由本人承擔。

我在老早之前就加入日本尊嚴死協會，但因為一直沒有要死的跡象，總覺得這樣一年兩千圓的會費太浪費，後來索性就不繳了。如今眼看自己就要九十歲了，也開始思考臨終規劃的安排，所以我在考慮應該重新入會才對。

罹患失智症的友人

每當一年一次的《冷暖人間》特別篇播出時，我總會接到許多人的聯絡。其中有位女粉絲經常送我當季現採的水果，幾年前，我收到她女兒的來信表示：「我母親罹患失智症，如今已住進安養中心（中低收入老人之家）。她每天不停念著『快給橋田老師寄水果過去』，所以我特地給您寄來水果。請不用再寄謝卡，因為母親已不住在家裡了。」

這位女粉絲年紀和我一樣，她的情況讓我深深覺得「很快明天就輪到我了」。

有一年，有個和我同年的女性親戚打電話給我。

「知道妳這麼健康，真是太好了。」

聽她這麼說，我一開始還正常地跟她對話，沒想到她卻只是一直說著：「知道妳這麼健康，真的太好了、太好了。」

正當我覺得不太對勁時，她女兒中途接過電話小聲地對我說：「對不起，我實在是拗不過她了，只好讓她打電話給妳。」

這位親戚當初身體還未出現狀況時，我和她曾一起出遊外宿過幾次，感情非常好。誰知她就在不知不覺間成了現在的樣子。

「媽媽她在電視上看到妳的電視劇後，一直吵著要打電話給妳，我只好讓她打了。」聽到她女兒這麼說，我突然想到一件事。

「妳之前不是要結婚嗎？」我問她。

「最後結不成了。」

雖然我不清楚其中原委，但和婚姻擦肩而過的她，難道接下來的人生就打算一直在家照顧失智的母親嗎？現在之所以愈來愈多人沒結婚，就是因為類似的案例愈來愈多了。

老老照護很辛苦，但即便是由孩子來負責父母的照護，同樣也很累人。電視上曾經做過報導，現在許多正值壯年的上班族為了照護父母，不得不辭掉工作。像這類因照護而離職的人，平均一年就有十萬個，而且據說接下來同樣會面臨這種情況的人，也高達四十萬人之多。

期許自己活著的時候好好活著

我每年會做一次全身健康檢查，內容包括電腦斷層掃描、照胃鏡、正子斷層掃描（PET／CT）等。抽血和驗尿則是每個月必做的定檢，用來檢查血糖和癌症標記。

我也會定期看醫生，每天吞下十幾種藥物，包括抗高血壓藥和控制血糖及膽固醇的藥物等。我是很想停藥，但拜吃藥所賜，我的身體各項數值才得以保持在正常範圍內，因此我無法說停就停。

有人或許覺得我很矛盾，口裡喊著明天就死也無所謂，卻為了維持健康做了這麼多。的確，又是健康檢查又是吃藥的，這全是因為身為人類的軟弱。但我希望自己活著的時候可以好好活著，到死都要健健康康的。這是我期待的尊嚴。

醫生要我每天吃兩百公克的肉。

「人上了年紀後肌肉會跟著老化，所以要盡量多吃肉，才能促進肌肉生成。光吃那些不會長肌肉的東西，人會變得愈來愈走不動。所以就算身體不會吸收，也請盡量多吃肉。畢竟肌肉是健康的根本。」

話是這麼說，但每天要吃兩百公克實在很多。以前我都吃牛排，但現在已經不想再吃那種高脂食物了。所以我都請幫傭盡量將肉切薄片，早餐吃一百二十公克，剩下的八十公克再利用中午或晚上補齊。

運動是維持健康的秘訣

以前我經常會到住家附近的飯店游泳池游泳。在過去將近三十年的時間，我每天必做的事就是早上游泳一千公尺。與其說是增加體力，不如說是為了伸展一整天彎坐在書桌前的身子，所以我大都以仰泳的方式慢慢游上約一個小時。

過去為了解決運動量不足的問題，我也打過乒乓球。但後來造成膝蓋疼痛，於是醫生建議我改成游泳。

當時我雖然已經五十歲了，但還是個旱鴨子。後來我結識木原光知子，她帶著我從零開始學游泳，才學二十五天，我就已經可以用自由式游二十五公尺了。一直學不好的換氣後來經過在浴室練習之後，也能游更長的距離了。但如果是仰泳，我可以游一輩子都沒問題。

我游泳的那間飯店游泳池早上都沒人，游起來很舒服。但大約六年前泳池卻關閉了，現在我只能去市立游泳池。可是這對我來說很不適應，因為得和大家一起共

▲女演員、同時也是前游泳奧運選手的木原光知子教會了我游泳。

用更衣間，感覺就像澡堂。

游泳讓我肺活量變好了。健康檢查測量肺活量時，我吹氣的結果讓醫生都嚇了一跳。這陣子我已經不再游泳，肺活量已大不如前了，但還是能做伏地挺身。這全是因為以前游自由式讓肩膀有足夠肌肉的關係。

做伏地挺身是健身教練的要求。我現在每週有三天會上健身房，我的私人健身教練同時也是指導橫綱力士鶴龍力三郎及女子職業高爾夫球選手渡邊彩香的教練。健身時間每次一小時，訓練內容大都是體操、深蹲動作，或是利用球來做伸展運動。看似輕鬆，實際上十分劇烈，運動效果非常好。

平時在家我也會踩健身腳踏車或坐平衡球。平衡球據說只要坐在上面搖動就有效果，我想反正都要看電視了，倒不如坐在平衡球上邊搖邊看。

我的腰動過兩次手術，膝蓋也不好。再加上長年坐著寫字，造成脊椎彎曲，無論再怎麼游泳也無法復原了。

所以，萬一哪天我半身不遂或臥病在床就糟了，因為到時候就得麻煩身邊的人照顧。我已經交代好，萬一哪天我無法自行活動，就找二十四小時的看護來照顧我。一個人應該太累了，大概要三個人輪替才行。

我認為「既然活著就要活得健康」，所以平時才會這麼注重健康保養，同時也思考關於安樂死的事。

每個人對死的想法千差萬別

這世上沒有比大家對死的想法更千差萬別的事了。每個人的生養環境不同，生活經驗也相異，就連個性也各有春秋。至於思考與價值觀更是因人而異，就算全都不一樣也沒關係。

我對於死亡從來不曾感到畏懼。不就是像睡著一樣而已嗎？就像沉沉睡去、一直沒醒來罷了。正如所謂的「永眠」。這樣就好。人死了之後啥都不知道，而且反正也一定什麼都沒有。

很多人會說「死了之後想見誰」。但我認為人死後根本不可能跟任何人見面。

我完全不想在死後跟誰見面，反正我先生就在家裡。我也從來沒有想過要轉世投胎。

在這個世上想做的事，我已經做得夠多了。雖然沒談過戀愛，但現在要開始也嫌麻煩了。現在的我沒有任何眷戀，也沒有掛心的人，所以對死非常看得開。

4 我想以安樂死離開這個世界

反正無人繼承，把賺的錢盡情花光再死

我現在唯一的樂趣，就是參加大型遊輪「飛鳥二號」的航遊。至今我已參加過環繞日本一周及亞洲之旅，世界環遊也去過三趟了，就連南極也去了兩趟。

我平時不是個愛花錢的人，不過一旦用錢就很乾脆。反正是我自己賺的錢。不過老實說，這種航遊參不參加都無所謂。只是我沒別的事可做，所以就參加了。

在旁人看來，或許會覺得我很幸福。但我並沒有特別覺得自己很幸福，反而對人生感到厭倦。可見每個人看待事物的價值觀真的不一樣。

之所以喜歡搭船出遊，是因為我覺得觀察周遭的人十分有趣。在遊輪上可以看到許多人，有九州來的，有東北來的。當然也有外國人，還有醫生、護理師、大老闆等各種背景的人。有看起來感情很好的夫妻，也有夫妻看似親密、實際上卻是在吵架。

有一次我遇到一對感情很好的夫妻，隔年卻只剩太太一個人出現，她告訴我先生已經過世了。聽到她說要將先生的骨灰撒在大海，大家紛紛都獻上擁抱，一同將骨灰撒入海中。場面令人悲傷。

然而，下一次再見面時，只見她充滿朝氣地打著招呼，一身豔麗打扮，穿著迷你裙，保養得宜的容貌使整個人都變漂亮了。真是令人吃驚。另一半走了之後，果真會讓人變得更亮眼。

每當和同船的人聊天，我總會好奇詢問對方的生活。這也是我腳本的靈感來源之一。

像我這種劇作家，平時實在很少有機會可以遇見不同的人。因為我不像上班族天天在外工作，常見面的也只有拍戲相關的工作人員而已。

出遊時我都盡量不帶工作，但忙碌的時候實在撇不開，所以我會將稿子帶著環遊世界，在船上的客房中寫稿，等船停靠時，再將稿子交給已經在港口等待的電視台工作人員。

交稿地點有時候在馬德里，有時候在摩納哥。這麼做雖然對工作人員感到很抱歉，但可以因為拿稿子而到國外出差，我想實際上對方暗地裡應該很高興才是。

旅途一起開心度過，結束後不再聯絡

年輕時我很喜歡住青年旅舍到處玩。雖然以前的年代不太歡迎年輕女子獨自出遊，但入住青年旅舍可以遇見許多人，有議員的兒子、車廠員工、開燒肉店的大叔，或是旅館的第二代千金等，都是很開心的經驗。我以前很喜歡結識平時生活中不會見面的人。所謂「旅行可以看見各種人」的說法，當真是如此。遊輪也好，或是以前的青年旅舍也好，都是很有趣的旅行方式。

搭遊輪可以認識許多朋友，但行程一結束、踏上陸地後，大家幾乎從不往來。遊輪行程經常會有許多同好，若下一次彼此在別的行程中碰面，就又可以一起開心相伴度過，結束後不再聯絡。這種朋友關係讓我覺得很舒服。

搭船出遊的好處在於，只要搭船就能到世界各地的每個角落，而且還能兩手空

▲迷上青年旅舍是在松竹電影腳本部的時期。當時甚至曾經半年以上都在旅行。

空地在每一個停靠點輕鬆觀光。不像搭飛機得託運行李，抵達之後還要拉著行李箱到處跑，非常麻煩。搭船也沒有等待過境的問題，十分輕鬆。

但是，如果我以後身體狀況變差、得坐輪椅，到時候就無法再搭遊輪出遊了吧。雖然還是可以搭船，但到了停靠點要下船觀光就麻煩了。我從以前就一直在思考會對他人造成困擾的死法，所以如果哪天自己真的變成這樣，我想還是讓我死了吧。

請幫傭比麻煩親人來得輕鬆

我家請了很多幫傭，雖然工作時間只到中午，但除了整理庭院的一個男生之外，女性每天就有四到五人。其中一人專門負責跟著我，開車帶我上健身房、看醫生。這麼一群人一下子全擠在家裡幫忙，到了下午我只想自己一個人獨處，否則根本沒辦法工作。即便現在已經不必再幹活，下午偶爾還是會想獨處。

幫傭通常早上八點就來了，所以我六點半就會起床沐浴，將自己打理好。這是個很好的習慣。如果一整天只有自己一個人在家，肯定會變得很邋遢。但現在因為有人會到家裡幫忙，我的生活規律了許多。幫傭做好的飯菜我一定確實吃完，接下來就沒事做了，所以下午我通常會看電視。

請了這麼多幫傭，相對也花了很多錢，但這對我來說完全不是壓力。這些人都是住在附近的好鄰居，幫了我很大的忙，而且我用的也是自己賺的錢。與其和媳婦或女兒住在一起、顧慮東顧慮西的，還不如花錢請人來幫忙，哪裡做不好就直說，反而落得輕鬆。

到死之前都不需要麻煩到兒女或親友，可以自己照顧自己直到最後。過去我賺的錢，就是為了用來達成這個願望。

自己賺的錢就花在自己的人生

我一直認為，自己賺的錢最好就在生前花用在自己喜歡的地方。最沒有意義的作法，就是將錢留給孩子。至今我見識過太多例子，父母省吃儉用留下來的錢或房子，反而變成危害孩子的東西。

甚至還有因為父母死後留下的微薄遺產而造成兄弟姐妹起口角的狀況。做孩子的一旦有賺錢能力，就不該再指望父母的錢。

如果堅持一定要留錢給孩子，就不要要求回報。親情也好，金錢也好，做孩子的都只是單方面的受惠，從來不會有所回報。

也有些人為了老後可以得到孩子的照顧，而考慮把錢留給他們。這麼想的人，只會像前述中我那位蓋了兩代同堂房子的女性友人一樣，最後期待落空，只得到滿屋子的寂寥。倒不如用這些錢請人來照顧自己還比較有用。

我如果有孩子，腳本肯定無法隨心所欲地寫自己想說的話。同樣道理，今天我若膝下有兒女，可能也說不出這些話吧。

無法選擇「不靠國家的錢活下去」！

請幫傭用的是我自己的錢，所以要花多少錢是我的自由。不過，我的醫療費卻是國家出的錢。

我現在的年紀雖然屬於後期高齡者[9]，但只要電視劇重播的版稅等年所得超過一百四十五萬圓，當年度的醫療費用就必須自付三成，但其餘的七成還是由國家出錢。換言之，對這個社會沒有任何貢獻的我，每年都在花費應該用來為社會做事的錢。這一點讓我十分過意不去。萬一以後生了大病，或是需要現在還用不上的社會照護設施來照顧自己的話，將會花費國家更多錢。

據說現在照護人員嚴重不足。雖然有很多人都在等著入住安養中心，但許多安養中心即便有空床，卻因為人手不足而拒絕讓人入住。

對於自己占用了如此珍貴的經費與人手，我實在感到很抱歉。在自己還有錢的時候倒無所謂，但若是罹患失智症，錢用光了人卻還沒死、繼續花費國家的錢，這對我來說實在是很痛苦的事。雖然每個人的想法不同，但對我而言，這種長壽一點意義也沒有。

9 指七十五歲以上老年人。六十五歲至七十四歲為前期高齡者。

老年人增加造成社會保障支出變高了

日本二〇一四年的醫療、年金、照護等社會保障支出總額約是一百一十二兆日圓。其中醫療支出是三十六・三兆日圓，比起前一年增加了二・〇%。年金支出為五十四・三兆日圓，減少了〇・五%。包括照護在內的「社會福利等其他支出」則為二十一・四兆日圓，比前年度增加了四・六%。

根據報紙的分析指出，雖然這是年金支出總額首度出現減少的情況，但這是因為大家之前領得太多，所以現在遭到刪減。另一方面，照護等費用增加的原因，則是由於社會步入高齡化，使用照護設施的人變多了，因此支出總額的成長率年年翻新。

日本針對老年人的社會福利支出占了社會保障支出總額的一一・二一%，比起其他國家要來得多。相反地，針對育兒等家庭福利支出卻僅僅約一%，反而比其他國家來得少。因此許多人都認為，政府應當盡量減少老年福利支出，將錢用在阻止少子化的政策上。

若以現在的狀態來看，日本的社會保障支出到了二〇二五年將會攀升到一百五十兆日圓。為了避免發生這種情況，首先被拿來檢討的，就是提高老年人的醫療費負擔。如今正在討論的方法，包括對每人每月的醫療自付額設定上限的高額療養費制度，以及提高後期高齡者的醫療院所負擔比例等。

根據厚生勞動省的推算，照護人員到了二〇二五年大約會有二百五十三萬人的需求，但實際推算屆時恐怕只會有二百一十五萬人，預估大約會不足三十八萬人。換言之，接下來日本可能會變成老年人愈來愈難活下去的社會。

不要將國家經費的討論與安樂死混為一談

雖然如此，不過若以此為理由而主張「應當承認安樂死」，我認為並不妥。因為，「國家應該承認安樂死，以減少老年人的社會保障支出及醫療費」的論點，將會導致社會上出現「棄老」的現象。

這個國家過去曾因為戰爭輸掉一切，而為它帶來如今這般富足與和平的，正是不斷拚命努力工作一輩子的老年人啊。既然他們過去為國家吃苦，如今國家守護他們、回報他們，也是理所當然。

不想為了自己花費國家的錢或寶貴的人力，這充其量只是我個人的想法。因為這種想法，所以我希望可以選擇「安樂死」。我只是單純在思考，假使其他人跟我有同樣想法，那麼安樂死最好可以成為一項明定法律以供人選擇。

我從來沒有想過要將自己的看法灌輸給他人，也沒有想要為了維護自己的尊嚴或自尊而高喊「不可以用國家的錢去看病。讓我們大家一起安樂死吧」。

話又說回來，「再活下去也沒意義」只是我個人的想法，並沒有受到身邊的人或來自社會的壓力。同樣的，將這種想法強壓在周遭或社會上其他人身上，也是絕不容許的事。

為了維護自我尊嚴

安樂死指的是積極加速死亡的發生。尊嚴死則是不進行無謂的延命治療。

安樂死在日本雖然不被承認，不過，全世界除了瑞士、荷蘭、比利時、盧森堡等歐洲各國之外，在美國新墨西哥州、加州、華盛頓州、奧勒岡州、蒙大拿州、佛蒙特州等六個州也是合法的行為。

另一方面，尊嚴死在美國及包括英國、德國在內的大部分歐洲國家，以及一部分澳洲地區和亞洲的台灣、新加坡、泰國等國家都被承認。這些國家雖然都擁有充足的醫療資源，平均壽命也很長，但其中大半卻都制定有「尊嚴死法」。

在日本雖然承認尊嚴死，卻和上述各國不同，不見任何相關法律。別說是安樂死，甚至連意義最相近的尊嚴死都沒有相關法律。

在二〇一二年，跨黨派國會議員聯盟曾提出「臨終醫療之尊重患者意思相關法案」。但據瞭解，由於不治之症患者支援團體及身障者團體等提出意見，表示「法案可能威脅到必須依賴國家醫療福利維生的弱勢族群對死亡的自主權」，因此法案最終沒有成立。

消極安樂死可能嗎？

取代安樂死法律、作為尊嚴死指南的，是厚生勞動省於二〇〇七年提出的「終末期醫療決定程序相關準則」。後來在二〇一五年更名為「生命末期醫療決定程序相關準則」，只是將「終末期醫療」的用詞改為「生命末期醫療」而已，內容完全一樣。以主管機關來說，或許是想表明對當事人尊嚴的尊重吧。

不過，這項指南的內容十分令人玩味。以下引用開頭部分。

生命末期醫療及照護的理想狀態

① 首要原則為患者從醫生等醫療人員獲得病情確切情報與說明後，以此為依據與醫療人員進行討論的結果，根據患者本人的決定以進行生命末期醫療。

② 生命末期醫療的實施與否與中止、醫療內容變更等決定，須由各專業醫療人員所組成的醫療照護小組，以醫學上的合法與適當性為基礎謹慎判斷。

③ 醫療照護小組必須盡可能緩和患者其疼痛與其他不適症狀，並提供患者及其家屬包括精神上與社會上援助在內的綜合性醫療與照護。

④ 意圖縮短生命的積極安樂死行為，不包括在本指南討論範圍之內。

也就是說，只要以患者本人的決定為原則，在醫療照護小組的判斷下，「醫療的拒絕、變更或中止」都是可以被同意的作法。條文中雖然表明不碰觸「積極安樂死」的問題，但這樣的內容卻可以解讀成容許中止，或一開始就不進行延命治療所造成的「消極安樂死」。

如果無法確認患者本人的意思，就由家屬來推測。如果家屬無法判斷，便透過討論決定怎麼做對患者最好。

最後，假使患者沒有任何親人，醫療照護小組將採取最妥善的治療措施。照這樣來看，沒有親人的我萬一陷入昏迷狀態，肯定會被處以「最妥善的」但違反我意願的延命治療措施。

我不想躺在床上等死

自從二〇〇七年頒布這項指南之後，就不再發生醫生因為對患者中止延命治療而遭起訴判刑的案例了。因此也有人認為，日本雖然沒有制定尊嚴死法律，但只要有這項指南就夠了。

如今只要患者本人事前表示拒絕接受延命治療，在某種程度上，都會遵照當事人的意思進行。

不過，這樣我還是不滿意。假使停止延命治療後多活了一個多月，這段期間將會非常痛苦。但如果這一個月可以用來做快樂的事、吃美味的東西，那倒另當別論。

無論在醫院或自己家裡，如果只是躺在床上等死，我寧可在這之前先死去。即便在緩和療護的照料下感覺不到疾病的痛楚，但只是等死的日子實在令人難熬。何況一旦陷入昏迷，就會被施以延命治療等。我絕對不願意這種事發生在自己身上。

我還是認為安樂死是最好的選擇。為了讓自己少一點痛苦，一星期、兩星期都好，還是早點讓我死吧。

七成的日本人都贊成安樂死

《朝日新聞》曾在二〇一〇年十一月進行一項關於生死觀的民意調查。

- 對於自己無治癒可能的不治之症的延命治療

 不希望——八一％，希望——一二％

- 對於家屬無治癒可能的不治之症的延命治療

 不希望——五一％，希望——三三％

也就是說，對於自己的延命治療持拒絕態度，但對象若是家人則贊同。這的確像是日本人的貼心。不過相對地，這樣的結果也讓人知道，為了不造成家人的負擔，當事人必須事先清楚表明自己「不願意接受延命治療」的意思。

- 當罹患無治癒可能的末期癌症而痛苦難耐時，假使可以透過服藥進行安樂死，你是否願意？

願意──七〇%，不願意──二二%

‧是否贊成制定安樂死法？

贊成──七四%，反對──一八%

再來看看《週刊文春》曾做過的安樂死與尊嚴死的相關問卷調查（二〇一四年十一月二十日號）好了。問卷中提出了四個問題：

1. 贊成安樂死與尊嚴死──六八．八%
2. 反對安樂死，贊成尊嚴死──一八．六%
3. 贊成安樂死，反對尊嚴死──二．四%
4. 反對安樂死與尊嚴死──一〇．二%

選擇1的多數理由是，「基於親友過世的經驗，考慮到應該『活得像個人』」。選擇2的理由則大都是「因為曾有親友實際透過尊嚴死平靜地離開人世」，無論是《朝日新聞》或《週刊文春》的調查，共同的結論都是大約七成的人贊成安樂死。這或許可以思考為七成的日本人都贊成安樂死。

花七十萬日圓就能得死的國家

為了想知道該怎麼實現在日本不被承認的安樂死，我特地用手機上網查了許多資料，結果得知瑞士有某個機構可以替人進行安樂死。

如同前述，安樂死在瑞士、荷蘭、比利時、盧森堡等歐洲各國，以及美國新墨西哥州、加州、華盛頓州、奧勒岡州、蒙大拿州、佛蒙特州等六個州都屬於合法行為。在這些國家或地方都有替人進行安樂死的機構，但其中可以接受對象是非本國人的，只有瑞士這個名為「尊嚴」（DIGNITAS — To live with dignity — To die with dignity）的機構。

嚴格來說，安樂死在瑞士同樣違法，但似乎可以進行協助自殺。因此在瑞士當地的作法是，在臨終前最後一刻由當事人自己服下醫生開的足以致死的麻醉藥，而不是由醫生來注射或施打點滴。只要喝下一小杯藥劑，幾分鐘之後就會陷入沉睡，就這樣毫無痛苦地在約一小時內停止呼吸。

要「尊嚴」進行安樂死當然有條件。醫生會先審核志願者提出的醫療紀錄，只有符合疾病無法治癒，並伴隨痛苦難耐的狀態等條件，且通過瑞士法院認可，才能接受安樂死。死後警察也會進行驗屍。

在「尊嚴」進行安樂死的費用方面，入會費兩百瑞士法郎（約兩萬三千日圓）、年費八十瑞士法郎（約九千三百日圓）、準備階段三千瑞士法郎（約三十五萬日圓）、實際進行費用同樣也要三千瑞士法郎，合計約七十三萬日圓。

許多不承認安樂死的德國及法國人民都紛紛前往瑞士進行安樂死，在瑞士甚至有「死亡觀光業」的說法。二〇一三年在「尊嚴」接受安樂死的外國人共有一百九十七人，但截至當年為止，似乎都沒有日本人的案例。

瑞士進行安樂死的機構共有六所，以前只限癌末或罹患伴隨著劇痛的不治之症患者，才能進行安樂死。不過，現在似乎也接受病情不嚴重的人，理由是基於「對於當事人決定的事，旁人都應當盡量接受」等，尊重個人自我決定的世界思潮。

罹患失智還有「判斷能力」嗎？

至於我所最擔心的失智症，「尊嚴」又是如何看待、處理的呢？二〇一四年十一月號的《文藝春秋》，曾刊載一篇由櫻井勉先生（《銀座新聞》總編輯）寫的報導：〈瑞士「自殺協助NGO」協助死亡現場〉，文中訪問了瑞士第一個協助自殺機構「尊嚴」的副會長。當中針對罹患阿茲海默型失智症的志願者，副會長表示：

若處於初期症狀，我們仍舊可以依照會員本人的生前預囑協助自殺。但一旦症狀太嚴重，即便我們想協助自殺也已經『太遲了』。（中略）

過去也曾發生過當事人不希望自己太早死，卻太晚做出決定的案例。接受安樂死的條件是臨終前最後一刻當事人必須還具備判斷能力，所以對於罹患阿茲海默症的會員，我們會增加聯絡次數，時時留意不要錯過對方還能決定最後之日的機會。

據說在「尊嚴」，極少有阿茲海默型失智症的會員最後走到安樂死的階段。

醫生被冠上殺人罪名的日本

即便想以安樂死的方式離開人世，在當今日本還是無法實現這個願望。如果強迫醫生進行，該醫生將會被判以殺人罪名。

最有名的案例，應該就是一九九一年四月發生在東海大學醫學部附屬醫院的事件了吧。那是日本唯一一起針對安樂死的法律正當性引發討論的宣判。

一名罹患末期多發性骨髓瘤的五十八歲男性患者長期陷入昏睡狀態，於是家屬要求醫生停止治療，最後甚至請求對他進行安樂死。醫生同意了。

後來，橫濱地方法院在一九九五年三月做出判決，判決書中清楚寫出了家屬數次要求該醫生停止治療的說詞。

他知道我們是為他好。他的病已經好不了了，再治療也沒有意義，就請別再讓他受苦了。

能做的我們都做了，已經夠了。我們想讓他自然地離開，拜託你幫他把點滴和導尿管全部拔掉。

患者不喜歡身上掛著點滴和導尿管，即使意識已不太清楚，還是好幾次伸手想拔掉。這些舉動家屬似乎都看到了。

能做的我們都做了，現在只想早點帶他回家。我們不想再見到父親痛苦的樣子了，我們想讓他從痛苦中解脫，獲得輕鬆。這是我們幾番考慮後所做的決定。身為他的親人，我們已經看不下去了。我們也累了，他也知道我們是為他好。能做的都做了，現在我們只想早點帶他回家。拜託你，幫他從痛苦中解脫吧。

面對家屬這樣的請求，醫生每次都拒絕了，甚至試著說服他們。

只要還有可能，即使微乎其微，做醫生的都不會放棄。這是理所當然的事。現在我還是相信有機會，所以還在努力，不願放棄。請你們也不要放棄。一旦停止所有治療，之後一定會後悔的。

你們要我停止治療，等於是放棄患者的生命。這難道不會太自私嗎？身為醫生，我一定要努力到最後一刻才行。

你要我利用藥物讓他離開人世，這在法律上是不被允許的，身為醫生也不能這麼做。

這個時候，患者經診斷已經只剩下一、兩天的時間了。於是醫生先拔除了他的導尿管和點滴，停止治療，接著替他施打鎮靜劑等其他減輕痛苦的措施。但患者看起來還是很痛苦。

最後，在家屬不斷請求「幫他從痛苦中解脫」之下，醫生替患者從靜脈施打了致死劑量的氯化鉀，患者於是離開了人世。

醫生後來遭到醫院懲戒解雇，隨後又因殺人罪被起訴。由於這不是患者本人的要求，因此不屬於受囑託殺人，而是殺人罪。針對三年有期徒刑的求刑，橫濱地方法院最後判定有罪，處以兩年有期徒刑，緩刑兩年。

該醫生是個才剛踏入社會三年的年輕實習醫生，他與家屬之間的對話比起上述要來得更頻繁。細讀判決書會發現，隨著家屬不斷懇求，他愈來愈沒辦法拒絕。

我回想起在二〇一七年三月號的《文藝春秋》中，我和諏訪中央醫院名譽院長鎌田實醫師就「問醫生這種問題很奇怪嗎？」進行了一場對談。當時他曾提到：「冷漢的醫生不可能讓自己捲入這種事件中，但替患者著想的醫生就……」

雖然我只考慮到自己，但假使可以制定安樂死法，就能拯救這些「替患者著想的醫生」了。

通往安樂死之路──（一）中止治療行為

在這起事件當中，首先發生的行為是中止治療。如果當時患者就這樣死去，情況就是成了尊嚴死。接下來發生的是積極安樂死。在法院判決書中，針對這兩個行為具體列出了法律上可以接受的必要條件，因此十分受到關注。

第一項是「醫生中止治療的必要條件」。

一、首先，患者必須罹患無法治癒之疾病，處於沒有回復希望且無法避免死亡的末期狀態。

二、在進行中止治療行為時，必須具備患者要求中止治療的意思表示。

三、治療行為的中止項目可視為包含治療疾病的治療措施及對症療法的治療措施，以及維持生命的治療措施等所有措施。例如投藥、化療、人工透析、人工呼吸器、輸血、補充營養與水分等。

雖然患者的意思表示被視為是執行原則，但如果患者無法表示自我意思，則「可容許依據家屬的意思推測患者意思」。為此，家屬必須「確實瞭解患者的個性、價值觀、人生觀等，可確實掌握患者意思並做出推測。且如同患者本人提出意思表示之情況，家屬必須對患者病情、治療內容及預後等具備充足情報與正確的認識」。

通往安樂死之路——（二）承認積極安樂死的例子

接下來第二項是「法律上承認醫師進行積極安樂死行為的必要條件」。在判決書中首先提到：

從現在醫療的諸多問題中可以知道，大家開始對生命的本質提出疑問，或尋求自然死或保有人類尊嚴的死亡途徑。國民對生死的認識持續變化中，對於安樂死也開始產生新的想法。考量這般國民對生死認識的變化或將來的狀況之餘，不得不在此提出明確且不變的容許安樂死一般必要條件。

接著提出了以下四個條件。

一、患者受到難以忍耐的肉體痛苦；
二、患者面臨不可避免的死期迫近；
三、用盡所有可消除、減緩患者肉體痛苦的方法，且無其他替代手段；
四、患者明確做出同意縮短生命的意思表示。

「安樂死的對象，現階段仍僅限於承受肉體痛苦症狀之患者」，不承認以精神痛苦為由而尋求安樂死的人。

以安樂死的必要條件來看，同樣必須具備患者本人的意思表示。而在這起事件當中，由於不具備第一項條件「難以忍耐的痛苦」，以及第四項條件「患者的意思表示」，因此法院裁定有罪。因為在家屬的要求下，患者並沒有被告知自己的病情。

換言之，這位醫生的行為並不被承認是安樂死。不過，酌情家屬當初的強烈請求及不希望受到刑事處罰，因此法官最後才從輕量刑。

順帶一提，至今為止似乎還沒出現符合這四項條件以進行合法安樂死的例子。

不過，醫生因涉及安樂死問題而被處以法律責任的事件卻層出不窮。

在東海大學事件的一審判決書中最後這麼寫道：

近年來對於末期病患或其家屬的所謂末期醫療照護愈來愈受到重視。然而，末期醫療本身仍處於摸索階段，方法亦尚未確立、普及，另一方面，各界卻又不斷檢討醫生對末期病患的使命，或主張中止無謂的延命治療與患者的自我決定權等，使得醫生在醫療現場面對末期病患或其家屬時，確實感到困惑、為難或苦惱。

所以，為了避免日後判決結果因個案不同而產生差異，難道我們真的沒有必要對安樂死明確立法嗎？

由醫生和律師組成的評估小組

我心目中的理想制度，是由多位醫生及護理師、心理諮商師、社工、律師等一共五、六個人，共同組成評估小組。之所以將醫療相關以外的人也納入其中，是因為我認為光從病情來評估是否接受安樂死並不妥當。

一個人要怎麼死，關係到他過去的生活方式。尊嚴死也好、安樂死也好，都必須要瞭解當事人過去的生活，以及對他而言的尊嚴。評估小組存在的目的，就是為了守護這份尊嚴。將當事人過去的生活包括在內一併考量，以決定是否可接受安樂死。

首先由醫生對希望安樂死的當事人進行診斷，接著由心理諮商師證明當事人的期望是正常精神狀態下做出的判斷，並非一時糊塗。

為了確認當事人是否因為疾病以外的原因而尋求死亡，則必須瞭解他所處的公司與家庭狀況，包括工作內容、財產、與家人或親友間的關係等，都有必要調查清楚，所以也需要社工和律師。

當所有小組成員都同意後便做出結論，只要家屬不反對，就能執行安樂死。換句話說，一旦經判斷「應當承認這個人的安樂死」，當事人不願造成兒女及周遭人麻煩的意願就能受到尊重，獲得安樂死。如果有這種選擇，不是很好嗎？

家屬若能接受「既然媽媽（或爸爸）都這麼說了，就請讓她（他）安樂死吧」，那就能執行。相反地，如果覺得「不管怎樣，我都希望她（他）可以活著」，這時就必須附帶「如果這樣，你就要好好照顧她（他），不可以把她（他）丟在安養院像沒人要一樣」的條件。

萬一只讓家屬做判斷，制度就可能會因其他意圖而遭到惡用，例如覺得浪費醫療費或想早點拿到遺產等。畢竟當事人的意願與家屬意見相左是常有的事，所以必須訂出明確規定，嚴格設下限制才行。

每當看到那些為照護離職的兒子殺了臥病在床的父母，或是老老介護的最後落得兩人同歸於盡等令人心痛的報導，我都不禁在想，如果今天有安樂死的制度存在，就能防止這些悲劇發生了。

5 可以決定自己死亡的社會

以前的醫生只負責「臨終照護」

小時候我經常回母親的老家德島縣一個叫藍園村的地方，那是一個種植木藍的村子。每到暑假，母親就會叫我一個人回去，從大阪的天保山搭船，一直到四國一個不知道叫什麼的港口下船。

有一次，我誤將別人當成是來接我的外公，就這樣上了對方的車。對方老爺爺一聽也表示「啊，我知道、我知道！藍園村嘛，森本先生對吧」，便把我載回村子。據說來接我的外公一直等不到我，緊張得不得了。

在村子裡待久了，總會遇到附近有老人家去世。現在想想，那不也是一種安樂死嗎？

村子裡熟識的醫生會到家裡為老人看診，之後告訴家屬「可以不要再讓他吃東西了」，意思是「如果已經無法進食，就不必再勉強患者吃東西」。人只要不吃東西，自然就會死去。這是一種平穩死，也是安樂死。

在過去醫療不發達的年代，疾病的治癒應該非常困難。所以醫生的工作大都是在面對死亡，例如妥善照護即將臨終的病人等。

現在的醫療有點滴，也有胃造口，可以透過各種方法補給營養來延長患者生命。即便是身體虛弱、無法咀嚼的老人，醫院或照護機構也會將食物攪碎，以類似強迫灌食的方式餵食。

如果這是當事人期望的方式倒無所謂，但有些人可能不懂，為什麼自己非要靠這種餵食的方式活下去不可。換成是我，寧願不吃，直接死去。

不曉得為什麼，現在我經常想起當年藍園村的醫生。醫學技術的進步，是否也改變了醫療和醫生的本質了呢？

忽略患者心理狀態的醫生

我現在都在大醫院看病，不過最近的醫生都不替病人測量脈搏或聽診了，和病人完全沒有身體接觸。別說是這樣，甚至連正眼面對病人都沒有。

醫生臉朝著另一邊直盯著電腦螢幕，根據影像報告和資料決定病名、開立處方，然後告訴病人「這樣就可以了，下個月再來回診」。我真心討厭這種醫生，沒有心靈上的接觸，實在無法讓人安心地將自己的臨終交託給他。

比起診斷疾病，察覺患者的心更重要。但能做到的醫生實在太少了。我一直想找到一個可以信賴的居家照護醫生，將自己的臨終照護交託給對方，可是卻一直找不到。

之前與鎌田實醫師的對談中，最能說明這種現狀的一段話是：

「大學的醫學系根本沒有教學生投注任何心力協助病人、學習死亡，所以很多醫生都不擅長面對病人的死亡。」

比起治療技術，如今的醫學在關於死亡醫療方面被認為是退步的。以最先進的技術盡可能延長患者性命，這才是如今的醫學現狀。這真的是生活在醫療先進時代的我們的悲劇啊。

治療疾病、拯救患者性命固然重要，但在如何讓患者平靜死去這部分的醫療，應該也要跟著先進才行。醫生的專業雖然是根據身體器官來細分，但除此之外，不是應該也要有以面對死亡為專業的醫生嗎？

團塊世代[10]共計八百萬人即將在二〇二五年步入七十五歲高齡，對此厚生勞動省正努力展開「地域包括照護系統」（社區型綜合照護系統）的建構，以達到「全面提供居住、醫療、照護、預防、生活協助等支援，使即便是有重度長照需求的人也能在自己熟悉的環境下，以自己的生活方式走完人生最後一段路」（取自厚生勞動省網站）。一旦步入在家臨終的時代，將會再度需要像藍園村的醫生那樣，具備單獨處理患者死亡照護能力的醫生。

臨終照護醫生的未來──《冷暖人間》中本間英作的角色寄託

《冷暖人間》的腳本寄託了許多我自己的夢想和期望，例如由長山藍子飾演的

10 是指日本戰後出生的一代，約莫一九四六年至一九五四年。

岡倉家長女彌生一角，因為遭受孩子忤逆而對自己的教養方式感到後悔，於是她將一些放學回家父母都不在的孤單孩子聚集起來，為他們做飯，當起他們的家教。

這是我的一個微小心願。如果現實中有愈來愈多像彌生這樣幫忙照顧他人孩子的人，放學後孤單一人在家的孩子就會愈來愈少吧。

戲中寄託著我對醫療期望的角色，則是由藤田朋子演出的岡倉家么女長子的先生本間英作。由植草克秀飾演的英作是大阪婦產科醫院的繼承人，後來也成為醫生。

英作先在大學醫院擔任腦外科醫生，後來回家繼承婦產科醫院，卻因為無法改變醫院虧損而最終停業。之後他又回到大學醫院，不久轉為在宅醫療醫生。

當初在寫腳本時，我特地採訪了熱海當地的在宅醫療醫生。一般的醫院醫生雖然工作也十分繁重，但在宅醫療醫生更是辛苦。

只要病人電話一來，就算是半夜也得起來處理。連吃飯的休息時間都沒有。回到家就是倒頭呼呼大睡，家庭生活全亂了調。這或許也是因為在宅醫療醫生人手不足的緣故吧。

從事老年人的居家臨終照護工作，除了身為醫生的經歷之外，個人的經驗與性格也很重要。我認為國家實在需要特別培育這類面對死亡、負責臨終照護的專業醫生。

我希望醫生可以將守護病人的尊嚴、讓病人平靜祥和地死去等，當成是自己的一大使命。從事安樂死相關工作者更應該如此。

《冷暖人間》中英作的妹妹由紀一角是由小林綾子所飾演。由紀原本是個專治不孕症的婦產科醫生，但是在二〇一七年的特別篇中，她做了一項重大決定。她對於以前將母親送進安養院、讓她孤獨死去感到十分後悔，因此，過去一直在迎接生命誕生的她決定面對死亡，成為一名在宅醫療醫生。

當初在塑造在宅醫療醫生的角色時，我是以面對死亡的醫生形象來描寫，角色中寄託著我期盼可以有愈來愈多在宅臨終照護醫生的心情。若是有醫生可以來家裡進行臨終照護醫療，自己也就能安心死去了吧。畢竟無論是誰，其實都想在自己的家裡走完人生最後一段路。

「不讓演員死掉」的創作原則

《冷暖人間》中飾演英作與由紀的母親本間常子一角的京唄子，在二〇一七年四月以八十九歲高齡過世了。也是因為這個原因，所以我才構思出由紀的故事。

我不太喜歡演員本身還健在，卻因戲裡的角色死掉而退場。因為我以為角色的死去對演員來說，感覺應該不好受。時代劇就沒辦法了，但如果是現代劇，我都會盡量避免這種安排。這也是為什麼我戲裡的角色經常出現工作轉調海外或留學的原因。

在《冷暖人間》中，五月的先生小島勇非常喜愛樂團，自己也組了一個「大叔樂團」。其中飾演樂團成員之一的井之上隆志，也在京唄子過世的同一年三月離開人世了。當時他才五十六歲。這部分後來由其他演員特別客串，彌補了少了他的缺憾，才讓整部戲不會因為他的死去而染上悲傷。

《冷暖人間》前後播出了近三十年，演員也和劇中角色一同成長、變老。每當

▲《冷暖人間》在 2017 年迎向第 28 個年頭。

發生演員因為生病無法再演出的狀況，我都是像這樣改變劇情安排。例如山岡久乃所飾演的岡倉節子，最後的安排就是讓她在女兒們送她到美國旅行的途中，因為心肌梗塞而過世。

唯一一個例外是，劇中飾演岡倉大吉的藤岡琢也在二〇〇六年過世了，後來他的角色改由宇津井健來演出。

把對過世演員的思念放到劇中，多少可以作為一種悼念吧。

搞不清楚小愛和小真誰的年紀比較大

每個年代和世代都會出現各種問題，所以《冷暖人間》是一部從來不缺主題的戲劇。在去年和今年的播出，角色設定上只老了一歲，主題卻截然不同。如果要描寫時代，《冷暖人間》會是個非常有用的素材。

劇中飾演由紀的小林綾子是我從《阿信》就結識的演員，如今已經超過四十五歲。江成和己聽說也已經三十好幾，開始感到厭倦了，因為明明之前還只是個小孩子的角色，現在卻已經到了為婆媳問題煩惱的年紀。泉平子飾演的五月身為媳婦，過去一直和婆婆赤木春惠與小姑澤田雅美處不好，如今自己也成了別人的婆婆了。

前陣子，飾演彌生的長山藍子打電話跟我說：

「拜託台詞不要寫太長，我記不住啦。」

雖然我覺得自己不會理會她這麼說，但一想到演員們大家都老了……

之前寫完最新特別篇的腳本，想說終於可以放鬆了，卻接到製作人石井福子的電話。

「我說妳啊，小愛是姐姐，不是妹妹啦！」

劇中五月有兩個孩子，分別是吉村涼飾演的小愛，以及江成和己飾演的小真。兩人到底誰比較大，我到現在還是搞不清楚。看來我又搞錯了，把小愛叫小真的台詞寫成了「哥哥」。

「雖然改過來就好，但妳也癡呆了妳！」

被她狠狠兇了一頓，我也只能道歉。

雖然有人很佩服我角色這麼多，竟然都記得住。但寫久了還是會忘記吶。這樣的我，實在沒有資格說別人「老了」。

二十九歲安樂死的美國女子

「再見，我親愛的家人和朋友。這個世界真的很美好。」

二〇一四年十一月，美國女子布蘭特妮·梅納德（Brittany Maynard）留下這句話之後，就以安樂死離開人世了。

年僅二十九歲的梅納德才剛迎接新婚，就在二〇一四年一月被診斷出罹患腦癌末期，並在四月被宣告「只剩六個月的時間」。

二〇一七年三月號的《文藝春秋》，刊載了一篇由記者飯塚真紀子所寫的報導：「將女兒送上安樂死的母親告白」，裡頭提到梅納德的遺言。

接下來癌症如果持續惡化，我將失去視覺和聽覺，甚至變得無法思考，也沒有

▲《阿信》改拍成動畫時所拍的紀念照。這兩人如今也一起共同演出，是「冷暖家族」的成員。

辦法說話，可以說已經算不上是個人了。這跟折磨沒有兩樣。這不是我想要的生活方式。

我聽從醫生的建議接受治療，現在卻只能躺在床上，聽著醫療機器運作的聲音。這不叫活著，只是靠著醫療技術被迫活下來罷了。這比死還要痛苦啊。

於是，梅納德從原本居住的舊金山搬到奧勒岡州，因為在這裡有安樂死法。

在奧勒岡州，接受安樂死的條件包括：「因罹患不治之症只剩半年性命、患者本人必須尋求兩位醫生的口頭及書面診斷承認、瞭解安樂死為臨終醫療的治療選項之一、患者本人具備判斷能力、提出申請時必須具備兩位以上的見證人、第一次提出申請相隔十五天後必須再次提出申請等」。

二〇一五年在奧勒岡州取得安樂死藥物的人共有兩百一十八人，但其中有八十六人最後並未服藥。

梅納德曾在 YouTube 上公開表示自己選擇安樂死的決定，並將日子訂在先生生日的隔天十一月一日。這段影片獲得一千兩百萬次以上的點閱率，引起許多人的關注。

後來，梅納德如同宣言所說在十一月一日服下醫生開立的藥。安樂死法規定，何時服藥由患者本人自行決定，且必須自己服藥。也就是說，服藥必須在尚有清楚意識時才能進行。

據說後來，梅納德的家屬開始奔走於全美各州，持續推動安樂死的立法。因為這是他們和梅納德生前的約定。

殘障奧運得主的決定

里約殘障奧運選手瑪瑞克・福沃特（Marieke Vervoort）的故事，是我從鎌田實醫生那裡聽來的。比利時女選手福沃特曾在里約殘障奧運中獲得四百公尺輪椅賽的銀牌，如今她年近四十。

福沃特在十幾歲時罹患脊髓性肌肉萎縮症，導致下半身不遂。二〇〇八年，她獲得安樂死的許可。據報導表示，在二〇一二年的倫敦殘障奧運中也曾拿下金牌和銀牌的福沃特，「將以里約殘障奧運為最後的舞台，之後或許就會安樂死」。

福沃特在賽後召開記者會否認這項報導，並表示：

「假使我今天沒有獲得安樂死的許可，恐怕早就自殺了。安樂死不是一種殺人手段，而是會讓人活得更長久。」

「當我知道自己的人生可以靠自己決定時，我的心才獲得了平靜。」

雖然我只能推測她說這段話時的心境，但或許此時的她有著強烈的意志：「既然我隨時都可以安樂死，那麼現在就好好努力活下去吧，疼痛算什麼！」說不定是因為獲得死亡權利的選擇讓她感到放心，所以才激發出活下去的動力。

在奧勒岡州取得安樂死藥物的人當中，有四成的人最後並未服藥。這一點同樣耐人尋味。

福沃特因為無法再忍受劇烈疼痛，於是在里約殘奧後結束競賽生涯。對於自己的安樂死她表示：

「還不到時候。」

學習佛教與禪學的她還在二〇一七年四月旅行日本，參觀了東京箱根、京都和廣島，完成了自己「從小到大的夢想」。

從「只剩活下來」的醫療，到「有所選擇」的醫療

上述這兩位女子的生活方式和面對死亡的方法，各自都有發人省思的部分。如果返回生命的主人究竟是誰的原點來思考，答案既不是家屬，也不是朋友，而是當事人自己。無論選擇活下來或死去，都是個人的尊嚴。

前些日子，我的一位男性友人在富士山腳下的某間癌症醫院過世了。他生前是個大學教授，對於他死後竟然舉行基督教儀式的葬禮，我非常驚訝。好像是因為住在基督教醫院的緣故，讓他住院期間萌生了「死後想回到神身邊」的想法。

他對於自己的死已經做好心理準備，因此住院期間想吃什麼就吃什麼、想做什麼就做什麼，醫院只負責減輕他的痛苦。再加上後來有了信仰，讓他在心靈上獲得

平靜，就這樣離開了人世。聽到他臨終前的這些狀況，我想這也是一種安樂死吧。

接下來的日本社會只會朝少子高齡化邁進，甚至現在為了照護父母而離職的兒子最後將父母殺害，或是擔心自己健康的先生將臥病在床的太太殺死等類型事件，每天都不斷登上新聞版面。別說是老老照護了，夫妻兩人都罹患失智而彼此照護的案例也在持續增加中。

在這些狀況日趨嚴重、全日本的病患家屬只會負擔愈來愈重之前，應當讓病人擁有死亡的選擇權。換言之就是建立安樂死的制度，讓想活下去的人繼續活著，想死的人合法地離開人世。

這樣一來，當事人不僅到臨終前都還能守護自己的尊嚴，也能使家屬從負擔中解脫。

生前明確做出意願表示

若要說生活中最不想麻煩到對方的職業，應該就是警察、律師和醫生了吧。不過，在思考自己要怎麼死的時候，則應該要多尋求律師和醫生的幫忙。

當父母陷入昏迷狀態時，做子女的很難開口要求醫生「請停止所有延命治療」。因此為了不造成子女的困擾，當事人必須趁健康時，事先對自己的死亡做出明確的意願表示。

除了必須將自己的意願傳達給家人之外，若能寫成書面、交由律師保管，事後應該就能避免許多紛爭。只是將意願書保存在律師處，不需要任何費用，只要為死亡及包括死後處理在內的身後事預付金額就好。

有些人擔心一旦制定了安樂死制度，說不定會遭人扭曲惡用。換言之，就是擔憂會不會有人為了遺產和保險金，或是為了省下龐大醫療費，便假裝當事人希望安樂死來藉此殺害對方。

為了避免這種情況發生，即便親友表示「他說自己很想死，所以請讓他安樂死吧」，也必須有個機制來確實審查才行，絕對要避免光憑身邊的人的說法就做出決定。如果依照我想的方式，由律師等第三者介入進行嚴格審查，應該就能抑制遭人惡用了吧。

安樂死最首要的，是當事人的自我決定。所以當事人必須準備好遺囑，以及表明希望安樂死的書面資料。而且為了不遭到偽造，最好的方法就是交由律師保管。

由家庭醫生負責臨終照護

「是否該接受安樂死」，是由醫生來做出最後決定。這種時候就需要數位醫生的共同診斷，而且其中一人最好是病患平時熟悉的醫生。因為這種時候除了要針對疾病做出客觀診斷之外，最好也能針對每個患者的個別情況做出主觀的判斷。

在承認安樂死的荷蘭，醫生又分為稱為「家庭醫生」的一般醫生，以及醫院的專科醫生。一般人可以自由選擇家庭醫生，但原則是醫生一定要有執照。一般的就醫模式是當身體不舒服時，首先要接受家庭醫生的診斷，必要時再透過家庭醫生轉介到專門醫院。

據說許多荷蘭人臨終前都是在自己家裡，在家人和家庭醫生的照護下離開。就連安樂死的判斷，也是由家庭醫生負責。

日本在以前無論是感冒或注射預防針，也都是找家裡附近的同一位醫生。有時也會請醫生來家裡看診，是全家人都很熟悉的人，也就是所謂的「經常就診的開業醫生」。

不過，現在大家都習慣依照自己的症狀到專門醫院看診。由於只有生病的時候才會去找醫生，因此醫生也只瞭解「生病時的病患」。就算「生病時的病患」表明想安樂死，也只會被醫生視為「這個人病了，所以精神狀態無法做出正常判斷」。對病患生活不瞭解的人，不可能會理解什麼是病患想守護的尊嚴和不可妥協的自尊。

我認為荷蘭的家庭醫生，和我所說的在宅醫療醫生是同樣的概念。如果是平常就熟悉、瞭解病患個性與對事物價值觀和生死觀的醫生，就值得信賴。這樣的人，應該就能接受病患「希望在造成他人困擾前安樂死」的想法。

在面對安樂死時，不僅需要身體方面的評估，也必須進行心靈方面的評估。對於快死的人，這兩方面的照護缺一不可。除了身體方面的照護，例如「只要替他排除這部分的疼痛，就能讓他再活久一點，這對他應該是好事吧」，也需要心靈上的設想，例如「這種治療對他來說根本就不是幸福」。

能夠像這樣同時照護身體與心靈兩方面，只有熟悉病患的醫生才辦得到。

重新審視「不給予治療就是犯罪」的醫療文化

倘若沒有安樂死法，只要醫生沒有做到必要的治療，換言之就是協助進行尊嚴死，就有可能會被追究責任。

治療對患者來說是真的必要，或者只是讓患者暫時獲得休息，又或者根本完全無效，這一點醫生應該最清楚。但由於不做就會遭到責任追究，因此就目前的狀況來看，醫生自然不可能不進行治療。

愈是替患者維護尊嚴的醫生，愈會被追究責任、成為犯罪者。這種現象實在太奇怪了。我們必須改變這個社會，不再將醫生根據良心做出的行為視為犯罪。

最近就連不認識的人也會要我「加油」、「請妳成為安樂死合法化的推動者」。

但是這種超乎我能力範圍的事，我實在是辦不到……我能做的，只有將自己的夢想和期望寄託在腳本中。

6 二十歲開始思考死亡

預料之外的反對與擔憂的聲音

我在二〇一六年十二月號的《文藝春秋》上提出「我想要安樂死」的言論，從那之後我就收到許多人的贊同支持，令我驚訝的是另一面，我也聽到預料之外的反對意見與擔憂的聲音。

其中之一的意見與「沒有用的人就該死」的想法有關。也就是萬一制定安樂死法，老年人或臥病在床、罹患不治之症的人，會不會就這樣被身邊的人強迫安樂死？

這種想法一旦過於投入，就會成為相模原身障安養中心殺人事件的支持者。這是一起發生在二〇一六年七月的事件，一所精神疾病安養中心的病患被人持菜刀及刀子襲擊，從十九歲到七十歲共有十九人被殺害、二十六人受傷。犯人是二十六歲的中心前員工，據報導指出，他遭逮捕時還聲稱「所有身障者全都死掉就好了」。

我從來沒想過要將人分為應該活著和應該去死兩種。我所主張的安樂死只是一種當事人自己期望，經過家屬接受、醫生和律師等專業第三者認可後，就能實現的制度。

至於沒有表明安樂死意願的人，無論是失智的老人或身障者，任何人都應該尊重他們活下去的權利。即便是這些人的家屬，也希望他們能活下去，更希望他們可以在專業人員的協助下，過著比在家還舒適的生活，才會付錢讓他們住在安養中心。無論如何，活得好好的人，任何人都沒有權利可以奪走或縮短他們的生命。

以現實問題來說，需要安樂死法的其實是老年人。對於年輕人或身障者，或許法定不適用就可以了。

自殺的原因多半是擔心健康

也有人擔心一旦制定安樂死法，將會變成鼓勵自殺。

日本的自殺人口在二〇一六年共有兩萬一千八百九十七人。其中男性有一萬五千一百二十一人，女性有六千七百七十六人，男性是女性的二．二倍。再從年齡層來看，最多的是四十至四十九歲，接著依序是五十至五十九歲、六十至六十九歲、七十至七十九歲、三十至三十九歲。這樣的自殺人口已經連續七年持續減少了，以前平均每年都會有三萬人以上。

針對留有遺書的人為對象調查發現，半數以上的自殺原因都是疾病困擾或憂鬱症等健康問題，然後是生活痛苦或負債等經濟、生活問題，以及夫妻失和或對家人的未來感到悲觀等家庭問題（警察廳調查）。從這個結果來看，絕大多數原因都是健康問題。

我理想的安樂死與自殺不同，雖然理由同樣是疾病問題，但必須經過醫生和律師的評估才能決定結果。即便當事人不斷表明自己想死的意願，假使醫生或律師覺得「這種病情程度不能安樂死」，同樣死不了。所以，這和因為憂鬱症走上絕路是截然不同的作法。

我希望為安樂死做最後判斷的醫生及律師等評估小組，也能成為拯救想自殺者的角色，可以告訴這些一心尋死的人「你可以的，活下去沒問題的」。因為很多時候，這些人都只是因為沒有訴說的對象，才會一直往死裡鑽。

很多人會為了一些微不足道的事情，認定「我的人生完了，除了死沒有其他方法了」，而一步步離自殺愈來愈近。事實上，這類型的人很多都是因為罹患憂鬱症，才失去生活的目標和動力。

當這些人提出申請「請讓我安樂死」時，就必須讓他接受醫生的診斷，接受適當的治療與心理諮商，使他重拾生氣。如果安樂死能同時具備這種機制，就更完美了。

讓應當離開的人接受安樂死，也讓應該活下去的人獲得重生。面對死亡不只有協助死亡，也能幫助活下去。我認為這才是尊重個人的尊嚴，也期待見到這種社會的到來。

有些反對意見認為，一旦制定出法律，就會不斷有人接受安樂死，這不是一個好現象。然而，只要第三者的評估機制能夠確實發揮，就不用擔心會發生這種情況。

只要安樂死能夠制度化，因為健康問題走上自殺的人應該也會隨之減少。因為，罹患不治之症或失智症的人可以獲得安樂死，其他人也能獲得協助而重拾人生。

拒絕以貧困為由而期望安樂死的要求

一旦制定安樂死法，一些認為自己拖累家裡經濟狀況的人或許也會萌生想死的念頭。

如同新聞報導的老年人偷竊特集一樣，如今社會上有非常多孤獨的貧困老人。這些人的子女生活拮据，沒有餘力照顧父母，因此這些老人只好偷超市的便宜麵包勉強維生。

不只是老人，也有出身貧困家庭、無法擺脫代代貧窮命運的人。非當事人之過的貧困問題，本該由國家提供協助，只是現在的日本連妥善照顧這些人的能力都沒有。

對我來說，這絕對不是可以置身事外的問題。某個熟知我先生的人曾對我這麼說：

「岩崎先生如果還活著，那可真是辛苦啊，妳得每天照顧他。」

畢竟他是個大男人主義嘛。如果他還活著，或許現在我每天都得忙著照顧他，而為自己深感不幸。

假使先生沒有早逝，或必須照顧婆婆或養兒育女，我應該就不可能寫了將近三十年的《冷暖人間》，在那種情況下，我不知道自己後來的經濟狀況會變成什麼樣。

現在的我想睡就睡，想吃就吃，想去哪就去哪。可以擁有這樣的生活實在很幸運。但這絕對不是偶然。

正因為覺得自己無法置身事外，所以我真心想告訴大家，「不管是活著也好、受人照顧也好，都很辛苦吧。既然如此，就讓自己安樂死吧」。因為與其自殺，還不如安樂死。

不過，這種安樂死在制度上並不被容許。至少沒有醫生的允許，這個願望不可能被接受。這麼一來我擔憂的是，今後經濟問題會不會漸漸浮出檯面，成為自殺理由的第一位。

在二十歲生日當天好好思考死亡

現在市面上有所謂的臨終筆記，朋友也送了一本給我。只要將裡頭設定好的項目填妥就行了，真的很不錯。我以為很方便，但仔細一看才發現，選項包括緊急通知人、遺物分配等，甚至還得寫出親友的聯絡方式和給他們的遺言。這對像我這樣沒有親友、孤身一人的人來說，用起來不是很方便，因為根本沒有東西可以寫。

於是我放棄那種複雜的東西，只拿了一本最簡單、常見的筆記本，記下最少的必要項目。

我一直到九十歲才開始做這件事，但其實早一點進行會更好。最好趁年輕就開始思考，例如「我想要安樂死」，或是「只要還有呼吸，就算沒有意識，我也想活下去」，並且每年針對內容再重新思考記錄。

思考自己的死亡，同時也是重新思考自己的生活方式。

畢竟沒有人知道災難何時會降臨。

如果可以當場死亡最幸福，不需要參考每年生日寫下的死亡意願，也不用擔心是否能安樂死。

不過，有人還年輕就發生腦中風，或者說不定只是走在人行道上，就被暴衝而來的車子撞飛，成了半身不遂。

所以，最好還是利用每年生日的時候，好好回想這一年來生活的意義與歡樂，思考自己的死亡。在自己出生的日子思考自己的死亡，這似乎是個不錯的習慣。

不想這麼做的人，就按照目前的方式什麼都不用思考，像大家一樣地死去就好。

就當作是一種劃分，在迎接成年的那一刻，針對自己希望的死亡方式、器官捐贈意願等事先思考整理寫下，我認為不失為一種好方法。

基本上，日本風氣視死為不祥、將公開討論死亡當成禁忌，本來就不是很恰當。畢竟誰不會死。

日本之所以沒有培育面對死亡的專業醫生，關於死亡在法律及醫療上的觀念無法一致，也是因為這種風氣造成的吧。

日本人真的應該更認真學習關於死亡的種種。因為，思考死亡可以使人生豐富。

最大的問題仍舊是失智症

我居住在熱海山中，也經常會收到防災無線電。

「有位八十幾歲的男性今天早上走失了，身高大約〇〇〇公分、身穿……」

是罹患失智症的老人。

失智症對我來說完全不能置身事外。我很擔心萬一自己失智了該怎麼辦？我一個人獨居，等到大家發現我失蹤時已經過了一段時間，到時候根本沒有人知道我穿什麼衣服。山裡還有斷崖，晚上又是一片漆黑，甚至還有山豬……

因為失智走失的人，在二〇一六年一整年，全國就有多達一萬五千四百三十二人。這個數字已經連續四年上升，二〇一六年比起前一年更增加了二六・四%，是過去最多的一年。

走失人口不斷增加的部分原因，也是因為近年來大家對失智症日益瞭解，故而家屬更容易報警尋求協助。

所幸，九八．八％的走失人口最後都能安然找回。包括二〇一五年之前有報案紀錄的七十三人在內，藉由警察的搜索行動或通報而最後找回的案例共有六三．七％；自行回家或家屬自己找到的有三二．三％。但其中的三．一％、相當於四百七十一人，是在死後才被發現。另外有一百九十一人最後仍行蹤不明。

據說現在的失智症人口多達五百萬人。六十五歲以上老年人平均七人當中就有一人是失智。而有輕度智能障礙（Mild Cognitive Impairment, MCI）的人也有四百萬人，綜合兩者來看，老年人平均每四人就有一人罹病。

輕度智能障礙是失智症的早期症狀，雖然有些人可以治癒，但若是沒有及早發現、接受適當治療，據說半數的人五年後將會變成失智。

厚生勞動省推估，到了二〇二五年，罹患失智症的人口將會超過七百萬人。若再加上輕度智能障礙，人數將會超過一千三百萬人。屆時六十五歲以上的老年人，平均三人當中就有一人會是失智症危險族群。

由此可知，這是每個人都該正視的問題。然而，目前具備收容照護失智症患者的相關設施非常少，現階段等待入住的人全日本就有五十萬之多。

另一方面，在政府提出的「失智症對策推動綜合策略」（新橘色計畫）中，主要方針為「使失智者可以在熟悉且開心的環境中繼續一個人生活」。換言之就是「由整體社會為失智者提供協助」。

有人願意照顧自己當然很感激，不過，我先考量的，還是不想造成他人的困擾。

就算失智，只要當事人和家屬幸福也無妨

目前就醫學上的瞭解，失智症有各種症狀，並非所有失智者都過得很痛苦。

如果失智者過得幸福開心，我們就必須尊重他的幸福。即便他可能經常亂跑、數度走失，或者行為胡鬧、不受控制，甚至無法自行如廁等，我們也必須認真看待他的幸福。如果家屬覺得「父親活著對我們來說就是幸福」，當事人一定也能感受到「自己活著可以給人帶來幸福」。

不過另一方面，也有人覺得罹患失智症會過得很痛苦。假使經過醫生判斷認定「活得不快樂」，家屬討論過後也覺得「父親雖然健康，但一點都不快樂。這樣就算活著也很可憐」，也請大家要接受這樣的想法。如果這種想法不被醫界認可，也不被社會接受，今後的高齡社會將會變得非常辛苦。

除了當事人痛苦之外，身邊的人也很辛苦。現在，無法負荷照顧失智家人所帶來的體力上與經濟上負擔的案例愈來愈多。就在不久前新聞報導指出，一位住在神奈川縣茅崎市十年前就罹患失智症的八十二歲男子，發現被勒斃在自家中，而他七十七歲的太太則選擇跳河自盡。據說太太生前曾數度表示「我已經累了」。

這種悲劇已經是第幾次發生了？我們究竟該怎麼做才能預防這種事件再度上演呢？在兩人走上同歸於盡之前，即便只有太太的性命也好，我們真的無以挽救嗎？假使太太自殺失敗、獨自活下來，就必須背負殺夫之罪。這難道沒有不合理的地方嗎？

我希望有誰可以告訴我這些問題的答案，因為我真的不知道。

我能做的，只有在自己失智之前先表明，「萬一我失智了，請讓我安樂死」。現在我還健康，大家對我還會有所奉承。萬一哪天我失智了，還有誰會理我呢？

我在第四章曾提過，瑞士的自殺協助機構「尊嚴」對於失智症患者的安樂死尤其謹慎。這一點讓人印象特別深刻。失智症狀一旦過於嚴重，便無法確認當事人的意思，因此在執行時機的掌握上會變得十分困難。

事實的確是這樣吧。只不過，如果在意識清楚時曾表明「萬一我失智了，請讓我安樂死」，我希望這個意願到最後都能獲得尊重。

失智症和安樂死……這是個很難的問題。但對於獨居、沒有親人，也不希望造成他人困擾的我而言，是非常切身的問題。

制度必須因應超高齡社會的到來做改變

醫學進步使得人類壽命延長是很棒的一件事，但諷刺的是，這個影響也帶來各種問題。例如老年人的醫療費增加、照護設施與人力的短缺、失智症人口急遽攀升、年金制度產生破綻等。

不僅如此，這些變化來得又急又猛，讓大家遠遠來不及反應。日本雖然已經是個以長壽自豪的國家，但我們真的為此做好準備了嗎？如今的狀況不免讓人以為，我們根本什麼都沒做，而等到發現時，這個社會早已經全是老人了。

老人之間的狀態差異也變大了，有人還不到七十歲就衰弱得無法站立，但超過百歲還能游泳跑步的也大有人在。

長壽真的是好事嗎？

或許年過九十歲說這種話有點奇怪，不過長壽真的是一件好事嗎？

如果人到了一定年紀，就算身體沒有什麼大病痛，也可以要求「差不多可以讓我死了嗎」，這不是很好嗎？當然，自殺不被容許，所以只要明確確認當事人的意思，家屬和親戚也都同意，就能獲得平靜的安樂死。如果日本也有這種制度就好了。

爽快乾脆地死去，既不會給身邊的人帶來麻煩，也不會讓他們留下不好的回憶。

關於「生老病死」，應該交由個人來決定。

只要附加其他嚴格條件就行了。舉例來說，做子女的如果覺得「媽媽如果這麼希望的話就照做吧，請讓她安樂死」，就同意安樂死；假使覺得「不管媽媽變成怎樣，我都希望她能繼續活下去」，就給予否決。

我沒有眷戀的對象，也沒有掛心的人，更沒有為我擔憂的人。這樣的我，應該率先站出來。

我希望日本當局也能制定法律承認安樂死。或許屆時只有我一個人會使用這條法律也說不定。現在那些喊著「我想安樂死」的人，真到了那時候會怎麼做我不知道。不過，選擇要不要使用制度的權利在每個人身上，所以就算只有我一個人也無所謂。

以現實來說，在我生前應該是看不到安樂死法的實行了。所以，我決定到瑞士去。我已經拜託好家裡的幫傭，「等到我準備要死的時候，妳要帶著七十萬跟著我一起去喔」。因為還得麻煩她把我的骨灰帶回來才行。

雖然已經決定要這麼做，但什麼時候做，卻很難拿捏。搞不好一旦罹患癌症被宣告只剩幾個月性命時，反而想努力活到最後一刻也說不定。又或者成了失智患者，即便身體再怎麼硬朗，應該也不會想再活下去吧。

該做的事都做了，也沒有任何眷戀，所以現在任何時候離開，我都不會後悔。死後我既沒有想見的人，對死也完全不感畏懼，我想應該就像睡著一樣吧。

如果可以讓我安樂死，我一定現在就立即開心地去做。話是這麼說，但還是少了那麼一點勇氣。說起來死也挺麻煩的呢。

請讓我安詳、快樂地死去

我想說的是，每個人都可以有自己的想法。我希望這個國家可以因應個人不同的想法，讓每個人自己選擇離開的方式。

一想到有一天自己對社會不再有貢獻、只會造成他人困擾，我就不想再活下去了。請不要為奪走我的性命感到同情，讓我安樂死吧。這是我人生最後的尊嚴了。

讓人為自己感到莫大的悲哀，那可真是生不如死。讓人在還沒為自己感到悲哀之前就先死去，對他來說才是幸福。而這種貼心的作法，我認為就是安樂死。

說安樂死聽起來似乎有點誇張。簡單來說，我只是想「安」詳、快「樂」地死去。

附錄——

讀者書信往來

針對我在二〇一六年十二月號《文藝春秋》中投稿的〈我想安樂死〉一文，收到了許多讀者的來信。內容大都是講述自己的遭遇或經驗，對我的意見表示支持。

我找出其中三篇書信，簡單回覆我的想法。

長崎縣　七十四歲　男性

「痛苦活著真的是幸福嗎？」

我太太約三年前病倒，治療後也不見效果，現在每天因為身體（頭、肚子、腳）的痛楚而受盡折磨。她表明自己想死，還問我自殺的方法。

太太的心情我深痛的瞭解。我也好幾次將我的想法投稿到報社，也曾被刊在報紙上。

這個問題雖然很難，但現在難道不該是每個國民認真思考安樂死的時候了嗎？尤其是那些受病痛折磨的人或其家屬，甚至包括醫生。（《西日本新聞》二〇一三年十月）

關於臨終醫療的方式，過去各界已經討論過許多，至今仍然懸而未決，實在說不上有何改善。雖然關係到人的生死問題，必須審慎看待，不能妄下決定。但就算現在是健康的人，也難保哪一天必須面對到這個問題。

關於臨終醫療，在荷蘭制定有安樂死法，而且已經實施。人民只要具備條件就能獲得致死藥物。（《長崎新聞》二〇一五年九月）

去年（二〇一五年）我國的自殺人口約有兩萬四千人，其中因病自殺的約占半數。無庸置疑地，我們必須為自殺者，尤其是年輕人的死，制定各種可預防的對策。

不過，我一直在思考的是，年老或是受不治之症折磨而一直活下去，這對人來說真的幸福嗎？我的岳父罹患不治之症已經好幾年了，雖然他一直靠著復健活下來，但就在前陣子，他憑著自己的意志拒絕喝水進食，就這樣靜靜地離開了人世。我們家屬不認為這是一種自殺，而是把他當成衰老離開了。

在日本，醫生基於患者與家屬意思而使患者死去的「尊嚴死法案」，一直是國會議堂的討論主題。但由於反對意見的存在，因此遲遲沒有推動。不過尊嚴死在荷蘭、比利時、盧森堡以及美國好幾個州都已經合法。日本在不斷邁向高齡化的現在，我希望政府可以針對「尊嚴死」擴大討論，讓當事人與其身邊的人能從水深火熱的痛苦中解放出來。（《每日新聞》二〇一六年三月）

但憑我一個沒沒無聞的老人建言，對「安樂死」的討論絲毫起不了作用。日本有非常多家喻戶曉的知名人士，但像您這樣正面談論安樂死議題的人，我不知道還有誰。我對您的感激就猶如看見上帝降臨、如升天般欣喜。

我誠心期望您能多留意自身健康，繼續向更廣大的全國為「安樂死」發聲。也期待今後可以繼續欣賞到您精采的電視劇。

橋田 「我也曾經歷過看著另一半受苦的煎熬」

對我來說自殺非常可怕，我做不到。我覺得那些從高處往下跳的人，精神狀態肯定都不正常。

自殺不僅後續很麻煩，而且肯定會對周遭人造成困擾。警察會來處理，還會進行解剖，全身上下被調查得仔仔細細。跳軌自殺還得負責損害賠償，若是服毒自殺則還要擔心會不會被其他人誤飲。

您的岳父是憑著自己的意志拒絕喝水而死的啊……原來也有拒絕進水進食這種自殺方法。就只是不斷沉睡、讓自己衰老至死嗎？這我辦不到。我沒有如此堅強的意志力。

面對受折磨的另一半，自己卻只能在一旁觀看，這種日子十分煎熬。我在先生臨終前也是這種感覺。雖然他到最後一刻都不曾喊過一句痛苦或難受，令我感到煎熬，但真正的原因，是我隱瞞、欺騙了他罹癌的真相。

事實上，承受著雙重痛苦的人，是您的太太。除了她自己的身體病痛之外，看到為自己受苦的您，想必她也很痛苦。她表明自己想死、想自殺，或許是因為她希望自己的死可以結束您的痛苦吧。

像你們這樣的高齡夫妻，真的讓人同情。您為了太太而希望推動安樂死的心情，是很理所當然的吧。社會上不是有很多老人因為不忍看著另一半受苦，所以自己動手結束對方的生命，或打算一起同歸於盡嗎？為了不讓這種悲劇再發生，我想，安樂死還是需要的。

東京都　八十二歲　男性

「期待長照保險制度能更完善」

您所寫的〈我想安樂死〉一文談及安樂死、自殺協助、老老照護、癌症告知、臨終安排等各方面，讓人讀了津津有味，也從中獲得許多參考。

在日本，協助自殺是犯罪行為，可處六個月以上、七年以下徒刑或監禁（禁錮[11]）

11日本對犯人施以單純拘禁的刑罰方法，稱禁錮刑。徒刑在拘禁的同時要強制勞動，而監禁刑則僅限於拘禁，不強制勞動。

刑。不過在世界上某些國家竟屬於合法，這一點令我十分吃驚。不僅如此，瑞士甚至還有專門承辦協助自殺的機構，只要符合「當事人臨終前仍具判斷能力」的條件，就能進行安樂死。

您在文中表示，由於「一旦失智就不能到瑞士接受安樂死」，因此希望日本也能制定安樂死法。在日本，自殺協助的合法化有一定難度，所以對於立法，我保留些許持疑的態度。我很期待「尊嚴死」的立法，讓人可以在人生的最後拒絕延命治療。我想只要有尊嚴死法，當事人的意願就能獲得實現。

在醫療現場，比起罔顧患者本人希望尊嚴死的意願繼續施以延命治療的作法，一旦尊嚴死法制定之後，就能減少無謂延命治療上的費用，對醫療保險制度來說，多少也有所貢獻。

對於因為老老照護而最後雙雙同歸於盡的現況，我也和您一樣認為這種悲劇可以預防。不過，現在的長照保險並沒有充分發揮效用，不僅讓人深覺「只有保險、沒有照護」，也覺得長照保險制度有必要更加完善。

我以前曾在老人安養中心擔任志工，負責陪老人們下棋。這些老人可以入住安養中心、有人陪著下棋，很幸福，事實上，還有更多等待入住的老人。我期待有一天能看到這個現狀獲得改善。

橋田 「沒有需求的人就謝絕使用，把福利用來好好照護有需要的人」

我從以前就經常在演講等場合提到，「年收入兩千萬日圓以上的人，應該不需要國民年金或長照保險吧」。像松下幸之助[12]這些人都領國民年金，簡直浪費國家公帑。

社會福利只要給有需求的人就行了。一旦限定對象，應該就能好好照顧那些有需求的人。我主張「建立一種社會意識，將謝絕接受年金或照護保險或高額醫療費援助而死視為一種驕傲」。

12 松下幸之助（一八九四至一九八九）出生於日本和歌山縣，是橫跨明治、大正及昭和三世代的日本企業家，是松下電器、松下政經塾與ＰＨＰ研究所的創辦者，在日本被稱為「經營之神」。

繳了鉅額稅金，卻不享用任何國家福利，這不是很帥氣嗎？

我當然也有繳納長照保險費，但我從沒想過要接受這項福利。即便我現在已經這把年紀了，但因為還有收入，所以醫療費一直都是自付三成。不過最近變成只要付一成了，這讓我覺得自尊受到強烈傷害。

就算只是尊嚴死也好，只要立法，就能更理直氣壯地拒絕不希望接受的延命措施。只不過，千萬不能妄下判斷「一旦尊嚴死法制定之後，就能減少無謂延命治療上的費用」。

延命措施是不是有必要，這是個人的問題。希望接受延命措施，或是被家屬寄予如此希望的人，大可多加善用為此存在的制度。

櫪木縣　四十八歲　男性　「請讓我從求死不能的痛苦中解脫」

自從我被宣告罹患腦部不治之症後，至今已經過了十年。現在的我每天都問自己，關於「自己想怎麼死」的問題。

我罹患的是一種腦神經疾病，這種疾病會讓大腦裡負責製造神經傳導物質多巴胺的腦神經細胞不斷減少，而多巴胺影響著身體某些部位的活動。這種疾病的症狀類似帕金森氏症，包括手腳顫抖、身體僵硬等。症狀會慢慢顯現，使得身體漸漸變得不能動，有時候還會導致腦萎縮，或是引發您所擔心的失智症。

症狀惡化時，喉嚨的肌肉會變得不能動，從嘴巴進食也相對困難。這種疾病最終的死因大都是吸入性肺炎，或是長期臥床引發的全身衰竭。

當初被告知罹患這種疾病時，我就想過「死」。我心想「每個人總有一天都會死，我只是比別人早而已」，於是接受這種疾病帶來的「死」。不過隨著瞭解愈多，我開始想像自己的身體會有什麼變化，也開始思考「自己想怎麼死」。

我一直覺得當身體不再自由，只能以臥床狀態活下去，這樣的人生毫無意義。我不想變成無法靠自己嘴巴進食，而必須由鼻餵管或胃造口用管子灌食。

只不過這樣一來，沒有攝取營養而等死，我終將以骨瘦如柴的骷髏模樣迎接死亡。過去我曾目睹祖父母臨終到死，那種消瘦、衰弱的樣子，實在非常悲哀。

我不希望接受延命治療，也不想讓家人看到我長時間漸漸衰弱下去。進一步說的話，就像您一樣，我不認為一旦失智到認不得人的時候，自己還會想繼續活下去。

所以，我不想以「尊嚴死」＝「自然死」的方式死去。我希望可以在某種程度上身體尚未消瘦、還接近如今的體型、自己還認得出自己的時候先死去。但我不想跳樓，也不想上吊或利用硫化氫來「自殺」。所以，「安樂死」是我臨終的選擇。因此，我也希望「安樂死」在日本能夠合法。

您希望自己在失智之前先安樂死。我也希望在我因為腦部不治之症全身不遂之前，能夠安樂死。只不過，以目前現有的安樂死指南或案例來看，都必須具備「承受難以忍耐的肉體痛苦」的條件。但失智症和我的不治之症，恐怕都不會伴隨著「難以忍耐的肉體痛苦」。

因此，即便安樂死將來合法化，像我們這樣基於「不想為周遭人帶來麻煩」、「不想活在失智的狀態下」、「不想活在臥病的狀態下」、「不願意最後以消瘦、衰弱的模樣離開人世」等「心靈上的痛苦」而希望安樂死的人，可能不會被承認。

不論是活下去或死去的權利，以及活下去的方式和死亡方式等，都是個人的責任。為了從「求死不能」的「精神痛苦」中獲得解脫，我和您一樣也期望安樂死能夠被認可為「死亡方式」的一種。

橋田　「不管變成什麼模樣，假如家人無論如何都希望自己活下去……」

對於罹患不治之症而身體漸漸無法行動的你，我實在感到非常難過。為什麼這世上會有如此蠻橫的疾病存在？又是基於什麼理由來選擇誰要罹病呢？

你對於自己再這樣下去會造成周遭人麻煩的心情，和我害怕失智是同樣的擔憂，所以我非常瞭解。

我認為，如果迫近死亡的人自己提出意願，不妨就放棄延命治療，讓對方早點離開人世。況且你所承受的「求死不能的痛苦」，旁人絕對無法理解。

不過你才四十八歲，還很年輕。你的身邊應該有「希望你繼續活下去的人」吧？又或者說不定，你身邊也有對你而言「想為對方繼續活下去的人」？如果是這樣，就算安樂死法成立，我認為你也是個應該活下去的人。

你在信中提到「不想讓家人看到我長時間漸漸衰弱的模樣」，但是對你的家人而言，只要是你，即便「漸漸衰弱」也無所謂，不是嗎？

我期望安樂死的理由之一，是因為我身邊沒有希望我活下去的人。這麼說或許很不負責任，但你和已經活得夠久的我，就這一點來說是不一樣的。

後記

如同扮家家酒的幸福人生

我的人生過得非常幸福。

世上應該沒有哪個笨蛋像我一樣寫了這麼多腳本吧。現在NHK的晨間劇，每一部播出時間都只有半年，但在以前可是整整播了一整年。這麼長的腳本，很多劇作家寫一部就得進醫院了，何況我還寫了四部。大河劇我也寫了三部，還有長達二十年、一共五百集的《冷暖人間》。其他我還寫了數也數不完的電視劇。但我完全不覺得辛苦。我從沒想過要成為一流的劇作家，只是憑著強烈的興趣一口氣就寫了這麼多。

對我來說，寫腳本就像玩家家酒。就像小孩子會假裝自己是超人或新娘，我則是讓自己變成劇中主角、樂在其中罷了。透過不同演員的詮釋，我可以活在各個不同的世界裡。

我的先生去世已經三十年了，現在的我沒有任何壓力。我也沒有小孩，當然更沒有兒女的壓力。

想做的事全都做了，連環遊世界都去了三趟

我的願望差不多都已經實現了。

過去戰爭奪走我的青春期，所以我一直夢想能夠到處旅行。戰爭結束後，我開始利用青年旅舍在日本四處旅行，甚至還辦了護照跑到沖繩（註：現在已不需要）。

我第一次造訪歐洲是在東京奧運的隔年。那時候我寫了許多少女小說，所以賺了點錢。不過，當時一英鎊等於三百六十日圓，一次最多只能攜帶五百英鎊出國，所以那是一趟貧窮巴士之旅，但還是玩得很開心。

過去夢想中的環遊世界，如今也已經去了三趟。甚至去了北極，南極也去了兩

▲在「飛鳥二號」航遊途中的巴布亞新幾內亞的拉包爾，與當地孩童留影（2015 年）。

次。我預計還要再搭乘「飛鳥二號」環遊世界一次，訂金也已經付了，因為早點報名可以享有優惠。

我彷彿是為了想旅行而活到現在，並不是為了想工作。不過，內心深處，說不定是為了想再活久一點。

或許我期待著只要報名一年後的旅行，自己就能活到那個時候，可以健健康康地邁步出遊。現在的我每天都面對死亡，希望自己在還有力氣的時候做喜歡的事，快樂地活下去。

如沉睡般死去

家裡那張當初搬到熱海時一起扛過來的餐桌，是在結婚前買的，前後算算也已經用了五十年。我總是坐在餐桌的同一個位置，開著檯燈寫腳本。吃飯的時候，就將整疊稿子往前挪，直接在原位吃起飯來。

桌子過去因為重新上漆成了奇怪的顏色，所以我在上頭鋪了桌巾。以前是比現在淡一些、非常美麗的顏色。椅子倒是好幾次壞了又換新的，這張已經用慣了的桌子和老舊筆盒，我卻一直守著不換。雖然封筆後筆盒也跟著收起來了，但從以前到現在始終陪在我身邊。

只要坐在這張桌子前，很奇妙地靈感就會不斷湧現。換成別的座位，不知道為什麼就寫不出東西了。

現在的我沒有任何遺憾，隨時要死都可以。雖然是事實，但如果聽到醫生跟我說「這個藥注射下去妳就會死喔」，知道接下來自己會死，還是會害怕。

就算知道「我已經要死了嗎？什麼時候會死？」，也不想聽到有人告訴我「接下來你就會死喔」。我希望可以不要告訴我什麼時候會死，或是要幫我注射什麼藥物。雖然這樣感覺偷偷摸摸的，但我就是個膽小鬼。

事實上，如果可以在這個還有先生氣息的家裡，坐在一如往常的位置上沉睡般死去，就是最幸福的事了。

國家圖書館出版品預行編目資料

請讓我安詳、快樂的死：《阿信》編劇的終活計劃 / 橋田壽賀子著；賴郁婷譯. -- 初版. -- 臺北市：大塊文化, 2018.09

面；　公分. --（Smile ; 155）

ISBN　978-986-213-914-1(平裝)

861.67　　107011950

LOCUS

LOCUS

LOCUS

LOCUS